虹の歌声

卒寿を超えて

楢崎秀子

編集工房ノア

『虹の歌声——卒寿を超えて』　目次

何と気持ちがいいこと（序）　浅田厚美　12

I　ふれ合う人々

桜紅葉　16
パプリカ　20
梅香る（一）　24
梅香る（二）　28
コロナマスク大作戦　32
祖父の思い出　36
子の付く名前　41
紅葉ドライブ　45
三人のレインボーパーティー　49

私の編集今昔物語　53
雪の思い出　57
祖父の思い出再び　61
思い出の昆虫標本　65
秋ざくら　69

II　暮らしのなかで

スヌーピーは鎹《かすがい》　74
コロナウイルスの呪い（一）　78
コロナウイルスの呪い（二）　82
グラウンドゴルフ再開　86
令和二年九月、卒寿を迎えて　90
柚子湯　94

令和三年三月三日　98
骨折物語（一）　102
骨折物語（二）　106
骨折物語（三）　110
骨折物語（四）　114
この月の月　118
老人ホームのメリークリスマス　122
企業理念を書く　126
全国高校野球選手権に思う　130
盆踊り　134
虹のコンサート　138
桜とＷＢＣとスヌーピー　142
ドナドナを歌う　146

終《つい》の棲家　150
一番・大吉の初みくじ　154

Ⅲ　苦しく楽しい趣味の話

宇宙飛行士スヌーピー　160
野分前　164
よみがえった俳句コーナー　168
英語俳句　172
さよなら、リバーコール　176
最後の漢字連落《れんおち》作品　180
師走のゆううつ　184

Ⅳ　小論

九二歳をしのぶ　190
エレベーター　194
山椒魚の心　198
英語と義理　202
カードゲーム依存症　206
九〇代の妄想　210
生活の手掛かり　214
もろきものよ、汝の名は？　218
国歌を考える　222
気になる英語の発音　226

優雅な駅名と短い駅名　230
あとがき　234

装画　岡　芙三子
装幀　森本　良成

虹の歌声——卒寿を超えて

何と気持ちがいいこと
――楢崎秀子さんの七冊目の随筆集に寄せて

浅田厚美

楢崎秀子さんが随筆集『虹の歌声――卒寿を超えて』を上梓されることになった。『六十路からの幸せ』から七冊目となる。

私は二〇二一年にＮＨＫ文化センター神戸教室「エッセイを書こう」講座の講師を野元正先生から引き継いだ。そのときがご縁の始まりだったのだが、実際は楢崎さんが右上腕骨骨折で手術をされたためしばらくは顔を合わすことができなかった。郵送でのやり取りが続き、文面からその人となりを理解しようと努めていたことを思い出す。端正で凛とした文章は楢崎さんの人間性そのもののように感じられた。「カードゲーム依存症」というエッセイを読んだのはその頃である。パソコンのカードゲームにはまっている自分自身に罪悪感を抱きつつもこれを止めるつもりはないと断言する彼女に新鮮な驚きと親しみを覚え、〝何はともあれ面白いのだから〟というラストに拍手を送りたくなったことを覚えている。

楢崎さんが毎月提出されるエッセイには通し番号がふられている。二〇二四年一月の作品にはNO・416とある。これだけの数の作品を書くというのは並大抵のことではない。彼女にだけ人より特別なことが起こるわけでもないしイベントが続くわけでもない。繰り返される日常の中から心に触れる出来事や思いを掴み上げる研ぎ澄まされた感性と、それを作品に仕上げる文章力、構成力があるからできることなのである。

ふとしたきっかけから思い出される、スキーが得意だった少女の頃、母とのなにげないやりとり、昆虫標本作りが上手だった自慢の兄、大学生の自分を毎晩駅まで迎えに来てくれた父、立派な祖父を少々煙たく思っていた娘時代。楢崎さんの心象世界が私達の前にあざやかに浮かび上がる。俳句結社「馬酔木《あしび》」の同人で周囲から大《おお》先生と慕われていた祖父は〝ああ、気持ちがいい！〟と言う言葉を残して八十九歳で亡くなられた。その享年を超えた彼女は今だからわかる祖父への思いを新たにしている。

老人ホームへの入居を一度も後悔したことはないと言う楢崎さんは、五月晴れの日に訪れた姪の家族と最高の一日を過ごし、師走の虹のコンサートで至福感を味わう。コロナ自粛を終えて再開したグラウンドゴルフでは、〝ああ、何と気持ちがいいこと〟と感じたことが記されている。祖父の言葉と繋がる、その彼女の感慨を私は心からの喜びを持ってこの本から受けとめたい。

書、随筆、コーラス、俳句、グラウンドゴルフ、情報誌編集といった活動を続けながら、ボタン、チャック、ホック、リボンちゃんという名のスヌーピー達と共に、うれしいこと、寂しいこと、悲しいこと、すべてを含めてしっかりと現実を見つめ、それを手掛かりに懸命に生きることを決意する、その楢崎さんの見事な生き方を私は人生の先輩として見習っていくつもりである。

二〇二四年二月吉日

Ⅰ　ふれ合う人々

桜紅葉

このところ日曜毎に、朝食後すがすがしい気分で芝生の中庭の掃除をしている。掃除のための掃除ではなく、これからグラウンドゴルフをするためなのだが。

この季節、紅葉した桜の落葉が芝生の周辺に美しく散り敷いていて、掃くのが惜しいくらいだ。赤いの、黄色いの、緑が混じったの、面白く穴があいたの等、数枚あらかじめ選んでとっておく。後で絵手紙に描くつもりだ。

ここでグラウンドゴルフをするようになったのは、平成二九（二〇一七）年の夏頃だったと思う。芝生の形に合わせて四カ所に旗を立て、四ラウンドする。当初はリーダーの男性一人と女性三人でやっていたが、今や常連は男性五人に女性三人となった。

私の成績はと言えば、あまり芳《かんば》しくなく、ここ四週は続けて五位だった。

それはそれとして、こうして日曜毎に園内でグラウンドゴルフをしていると、その楽しさ以外にずいぶん余得があることに気付く。

芝生の周辺の花木や草花の様子がよく分かり、愛着が増すのは何よりなことだ。地味なムスカリが咲いたとか、萩がもう咲き始めたとか……。だから落葉の季節に落葉かきをすることも一向に気にならないし、むしろ楽しいくらいだ。

その日は二時間くらいでグラウンドゴルフが終わると、持ち帰ったきれいな桜落葉をまた絵手紙に描き始めた。この秋になってもうこれで四枚目だ。

今までは、ただ紅葉した葉だけを三枚なり五枚なり配置して描くだけだったが、今回は芝の上に散っている風情を遠近もつけて描いてみた。一一月下旬、芝はいま枯れかかり、緑と黄土の中間色だ。空中に舞う葉も一つ添えてみた。まずまずの仕上がりとなる。

しかしこうなると、当然の成り行きで、真紅の楓の紅葉も堪能したくなる。それを見越してかなり以前から申し込んでいた〈紅葉の名所・白沙村荘《はくさそんそう》〉へのツアーの日が近づいていた。

白沙村荘とは日本画家・橋本関雪（一八八三―一九四五）の遺邸で、自ら設計した一万平方メートルに及ぶ庭園は紅葉の名所とされ、京都銀閣寺畔にある。

一一月二八日午後、レインボーハイツの友人Oさんと二人で出発だ。その日は馴染みの京都のホテルで一泊、翌二九日午前中の、ホテルから白沙村荘への半日バスツアーは六名のグループとなった。晴天がうれしい。

約二〇分で目的地に到着、それから一時間半弱の自由散策となる。

受付でもらった白沙村荘庭園・美術館案内地図に従って一歩庭に足を踏み入れると、自然にため息が出るような、晩秋の日本庭園の姿があった。まずはいろは楓の滴るような赤、銀杏の黄、もちろん様々な緑、それに青空と千切れ雲が色を添えている。築山あり、池あり、灯籠あり、茶室や茅葺きの四阿《あずまや》、磨崖仏や薮の中に羅漢像まで点在する。

私は夢中で来年のレインボーハイツの情報誌一〇月号の扉写真になる構図を探して写していた。建物と紅葉した木々が池に映っているところなどいいな、と思いながら。一方Oさんは、せっせと美しい落葉を拾い集めている。もちろん美術館も観たが、今回の旅の収穫は、私としてはこれらの写真と、あとでOさんにもらった数々の落葉であった。

帰園し部屋に戻ってすぐ、これらの落葉が縮んでしまわないうちに、新聞紙に広げて写真に撮っておいた。何らかの形で絵手紙に利用するつもりだ。美しいままの姿で落ちてくる楓や銀杏の葉が、本当にいとおしい。

明日は日曜日。グラウンドゴルフもできそうな予報である。芝生周辺の桜はもうほとんど葉を落とし、初冬の風情を見せている。あの美しい落葉たちは、せめて焚き火にして供養してやりたかったが、今ではそれもできなくなっている。

（二〇一九・一一・三〇）

パプリカ

デジタル大辞泉によると〈パプリカ〉は、〈トウガラシの一品種。実は大型で熟すと赤色・黄色などになり、辛みはない。云々〉。また明鏡国語辞典でも似たような説明で、ピーマンとの関係が分からない。

そこでネットで調べようとすると、驚いたことにほとんど歌の『パプリカ』についてばかりが出ている。それほど歌の『パプリカ』は、NHK二〇二〇応援ソングとあって、このところ大流行なのだ。

今年の夏ごろだったか、わがレインボーハイツのコーラス部でも、この『パプリカ』の楽譜が配られ、一二月の発表会〈虹のコンサート〉で歌うことになった。私はその時点でこの歌を全く知らなかったのだが、先生は熱心だし、その後テレビで子どもたちが踊りながら歌うのを何度か見聞きするうちに、引き込まれてしまった。

子どもの歌だけれど、大人が歌っても、元気な子ども時代を思い出して前向きな気分になれるし、何よりリズミカルで歌いやすいのがいい。ただかなり長い曲で、繰り返しも多く、初めのうちは譜面上で迷子になりがちだった。それで、歌詞だけを別に大きく書き出して歌った。

今年の虹のコンサートのテーマは〈兵庫県〉と〈オリンピック〉で、それに関連した曲と、クリスマス関係の歌やミュージックベルなど、合計一五曲を発表することになる。それらのうち私の好きな曲は『パプリカ』と、それ以外では、山田耕筰作曲『あわて床屋』、それに一九七二札幌冬季五輪のテーマソング『虹と雪のバラード』だった。

その全てで私はアルトを担当したが、アルトにはメロディーのソプラノを聞きながらそれに程よく合わせる醍醐味がある。

さて、本番の一二月三日、午後一時半。

ロビーに設《しつら》えた客席は、外部からの客も混じってほぼ満席だ。私たち一二名の熟女合唱団は、もちろん一生懸命歌ったが、先生は本当によく頑張ってくださったと思う。例年そうなのだが、ピアノ伴奏のほか、歌の解説もするし、ご自身もソロで歌い、そのうえ私たちを褒めて（？）くださる。

「この合唱団、声が若いと思われませんか。五〇歳代の声と……。ちょっと目をつぶって聴いてみてください」

（おや！　『目をつぶって』は余分じゃないかな？　私たち、コサージュまでつけて精いっぱいお洒落しているのに）

客席からは温かい拍手をいっぱい頂いた。程よい所に置いて録音しておいたＩＣレコーダーを後で聴いてみたら、なるほど満更でもない歌声で、気をよくしたのだが、そのことは、他の団員も言っていた。本当によかった。『パプリカ』については、後日談がある。

属している日本書道協会の大阪教室の仲間たちと、忘年会を兼ねて西梅田のカラオケ店に行った時のことだ。ほとんどは『雨の御堂筋』『愛燦々』『女の道』『風やまず』などを歌う年齢層である。私が『パプリカ』を申し込むと、

「えっ！　『パプリカ』？　孫が踊りながら歌ってますわ」

と驚かれたが、みんな機嫌よく拍子をとってくれた。私は他にビング・クロスビーのWhite Christmasも歌ったが、これは虹のコンサートのとき先生が歌ってくれて、私

も大好きな曲である。

『パプリカ』はこの年末、紅白歌合戦でも歌われる予定で、楽しみにしている。

植物の〈パプリカ〉については、ネットで次の説明を見つけたのはごく最近のことだ。〈赤や黄色に色づく肉厚な果肉が特徴のパプリカ。カラーピーマンとも呼ばれ、完熟すると色づくピーマンや唐辛子の仲間です〉

（二〇一九・一二・一五）

梅香る（一）

大阪梅田の書道教室に通い始めてもう二八年になる。某ビルの貸会議室に、東京の書道協会本部から月二回、先生が出張して来られる。毎年一月のテーマは、書初めだ。

今年の一回目には、半紙に欧陽詢《おうようじゅん》*1の楷書体で『淑気動芳年《しゅくきほうねんをうごかす》』と書いた。また別に半《はん》切《せつ》*2一四文字の行書作品にも挑戦した。そして二回目の今日は二種類の色紙で、内一枚は必ず仕上げることになっていた。

ところで色紙の書作品を作る場合、半紙で何度か練習してからとは言え、緊張しながら直接色紙に書いて失敗して泣きを見る、と思っている方はいないだろうか。実はそうではない。半紙を色紙大に切って何枚も練習し、その内先生の選んでくれた合格作品を、色紙用台紙にアイロンで貼りつけるのだ。台紙には接着剤がついている。

ところが今日はこのやり方が通用しない。普通の白い色紙ではないのだ。教室の前方にはいろいろな練習用色紙の見本が並んでいる。書初め用とあって扇形に線の入ったもの、四角のままだが周囲に模様のあるもの、丸窓式のもの、などだ。私は迷うことなく丸窓式を選び、周囲が柿色のと、上品な苔色のと、二枚を買った。この中央に書くのは、今日の課題『梅』の一文字である。

なんとなく一昨年秋に訪ねた京都鷹峯《たかがみね》・源光庵の丸窓——悟りの窓——を思い出した。その丸窓の彼方に広がる庭の紅葉の、何と美しく見えたことか。今日はここに梅の花が、いや、『梅』の字が入るのだ！

祝御結婚

練習用色紙が無駄にならぬよう、半紙にその大きさの円を写し取って、何枚か練習する。手本は普通の色紙大に書いた行書体の『梅』だから、それを参考にして、円の中にうまく収まるよう余白を考えながら工夫して書く。五、六枚書いてＯＫが出たので、いよいよ先程買った柿色と苔色の丸窓色紙に書く。

…………

不思議なことに、私としては珍しく、今日は二枚とも納得のいく字が書けたように思った。先生も柿色のほうがより良いと言い、然るべき位置に印影を貼ってくれた。すると周囲の柿色と落款の色が響き合って、更に良い感じになってきた。

咄嗟《とっさ》にひらめいた。——そうだ、これをOさんへのプレゼントにしよう！

Oさんは、ここ数年レインボーハイツで私が親しくしている友人だ。最近入居者同士で結婚された。お相手は、一〇歳年上の国家公務員あがりの紳士である。それぞれの子どもたちの家族も納得し、喜んでおられるそうだ。

「まあ、素晴らしいお話ですね」

この話をすると先生はとても喜んでくれた。

「それなら、この色紙はやはり裏打ちしないとね」

この丸窓色紙は、練習用としては厚くしっかりしているので、ガラスでぴったり抑えるような額縁なら、このままでいい。しかしプレゼントなら台紙をつけなければ、というわけだ。そして私が色紙用台紙を買ってくると、すぐにアイロンで仕上げてくれた。

この日は他に虞世南《ぐせいなん》＊3の楷書体で『學 遜 志』《まなんでこころざしをそんす》＊4の三文字を白い色紙に書く課題にも

合格したし、夏の全国展用に書く七言律詩も、先生と相談して決めることができて、実り多い一日となった。

帰ってから『梅』の丸窓色紙の印影を剥がしてその位置にきちんと落款を押すと、我ながら満足のいく作品になった。

来たる二月八日に、この新婚ご夫妻を囲んで、ごく親しい数名で会食をすることになっている。『梅』の色紙はその席で贈るつもりで、それまでは内緒だ。

レインボーハイツの庭の紅梅も、もう満開に近い。


（二〇二〇・二・三）

＊1　欧陽詢（五五七〜六四一）中国隋末唐初の書家
＊2　半切＝35 cm×136 cm
＊3　虞世南（五五八〜六三八）中国隋末唐初の書家
＊4　「學遜志」とは「学問は謙虚であることが大切」の謂

梅香る（二）

二月八日、今日はOさんたち新婚ご夫妻のお披露目宴の日だ。

数日前に私は宴の概要を書いたメモを手渡されていた。——園内の懇談室で正午より、出席者は七名、Oさんの夫となるF氏の主催、お祝儀は固くお断り、などとあるなかで、F氏による〈御礼と経緯の説明〉を私は一番期待していた。

その日の午前中、Oさんを手伝ってテーブルに出席者の名前を書いた紙を置く。テーブルの二カ所には、控えめにスターチスの花が一輪挿しに活けられてある。お天気なのが何よりうれしかった。

正午の一〇分前には厨房から松花堂弁当が運ばれてくる。ワインも日本酒も用意され、全員着席。大御所的存在のS氏の司会と挨拶で、いよいよ開会だ。

古くからの入居者ということで、私も挨拶をすることになった。

「人生百年時代に、連れ合いを亡くした者同士が意気投合し、この人生の夕映えの季節を仲良く寄り添って暮らすというのは素晴らしいことです。お子様たちのご家族も納得し喜んでおられるそうで、本当におめでとうございます」――というようなことを話した。

それから用意していた『梅』の丸窓色紙をOさんに渡すと、とても喜んでくれ、皆に回覧して紹介している。和やかな雰囲気だ。

F氏の〈御礼と経緯の説明〉は、全身を耳にして聞いた。既にOさんから聞いていた内容だが、普段口数の少ないこの紳士が訥々《とつとつ》と話されるのを聞くと、ますますなるほどと納得させられる。

私と同じ八九歳のF氏はとてもお元気で、ウォーキングと囲碁・麻雀を趣味としている。いろいろな団体が主催するウォーキングに参加しようとすると、七五歳以上の方は、二人以上のグループで参加するように言われ、同じ趣味のOさんと行動を共にするうちに、いろいろ話し合うようになったのだそうだ。

またこれはOさんから聞いた話だが、F氏は囲碁の腕前は六段で、入居者はもちろん、近所から園の娯楽室に通ってくる碁客の誰も、歯が立たないのだそうだ。Oさんもその一人という。

二月とは言え、暖冬の午後の日差しが窓越しに暖かい。ワインも日本酒も、厨房職員心づくしの松花堂弁当も申し分なく、しばらく和やかな団らんが続いた。

私の長いレインボーハイツ生活のなかでも、このような入居者同士の結婚は初めてだけれど、このお二人は、まるで違う性格同士がいい具合にかみ合って、きっとうまくいくに違いないと思った。しっかり者だが家庭的に苦労の多かったOさんには、この紳士の許でぜひ幸せになって欲しい。

ところで元号の〈令和〉は、万葉集の〈梅花の歌三二首〉の序のなかの次の文言から取られたという。

『初春《しょしゅん》の令月《れいげつ》にして、気淑《よ》く風和《やわ》らぐ』*1

ここでは令月は正月の意味で使われているが、陰暦二月――如月《きさらぎ》――の別名でもあるという。さらにこれに続く序の文言は、

『梅は鏡前《きょうぜん》の粉《ふん》を披《ひら》き、……』*2

となっている。

だから、この令和二年二月の吉日に、この素敵な新婚のご夫婦に『梅』の色紙を贈ったことは、時宜を得て本当に良かったと思う。

レインボーハイツの庭の梅は紅梅だけれど、敷地のすぐ外の東側の斜面には白梅も数本あり、今まさに『鏡前の粉を披』いた風情だ。

Fさん、Oさん、本当におめでとうございます。末長く、お幸せに！


（二〇二〇・二・二四）

＊1　「初春の正月の佳い月で、気は良く風は穏やかである」
＊2　「梅は鏡の前の白粉《おしろい》のように白く咲き、……」

コロナマスク大作戦

新型コロナウイルスの感染症が世界中を脅かしている。今年九月に卒寿を迎えるというこの歳になって、初めて身近《みぢか》に体験するパンデミックである。

感染拡大のリスクが高い密集・密閉・密接の〈三密〉を避けて、マスクをせよと言う。属している園内外のサークルや会がすべて中止となり、外出もしなくなると、幾分暇を感じるようになった。

そんな折も折、あれは四月の中頃だったと思うが、新聞に布マスクの作り方が、実物大の型紙付きで紹介されているのを見つけた。手持ちの不織布マスクは残り僅かだし、そうだ、これを作ろう。

材料は昔のローン地の花模様のハンカチなどだ。到来物の新品もあるし、数回使って洗ってそのままにしていた少し厚手のスヌーピー柄もある。裏地にはガーゼを使おう。それらの布を型紙に合わせて裁つとき、どんな柄が、マスクのどの部分に出るかを考えるのがとても楽しかった。

押入れからミシンを出すのは大変なので、久しぶりに手縫いでいこうと決める。一番目立つのは、正面の鼻先から顎にかけての曲線だから、ここは縫って開かずに片側に倒し、表から丁寧に半返しで抑えていった。

表布と裏布を中表に合わせて上辺と下辺をそれぞれ縫ってひっくり返す。左右の端は、ハンカチの端なので二つ折りでよく、ゴム通しの幅をとってしっかり半返しで抑えれば出来上がりだ。

ゴムを通し、長さを調節しながら顔に当ててみる。顎と左右の下の部分にちらちら花柄が出ていい感じなのだが、形が顔にそぐわない部分があり、二つ目を作るときにはその部分を修正した。三つ目、四つ目ともなると、もう自信作である。

作りながら私は、このマスクの柄は誰に似合うかしら、などと考えていた。そして四月の末までに、結局一四枚ものマスクを縫い上げたのだった。

このうち四枚はおばあちゃん（私の義姉）を含む姪の家族へ、三枚は甥の家族へ、一

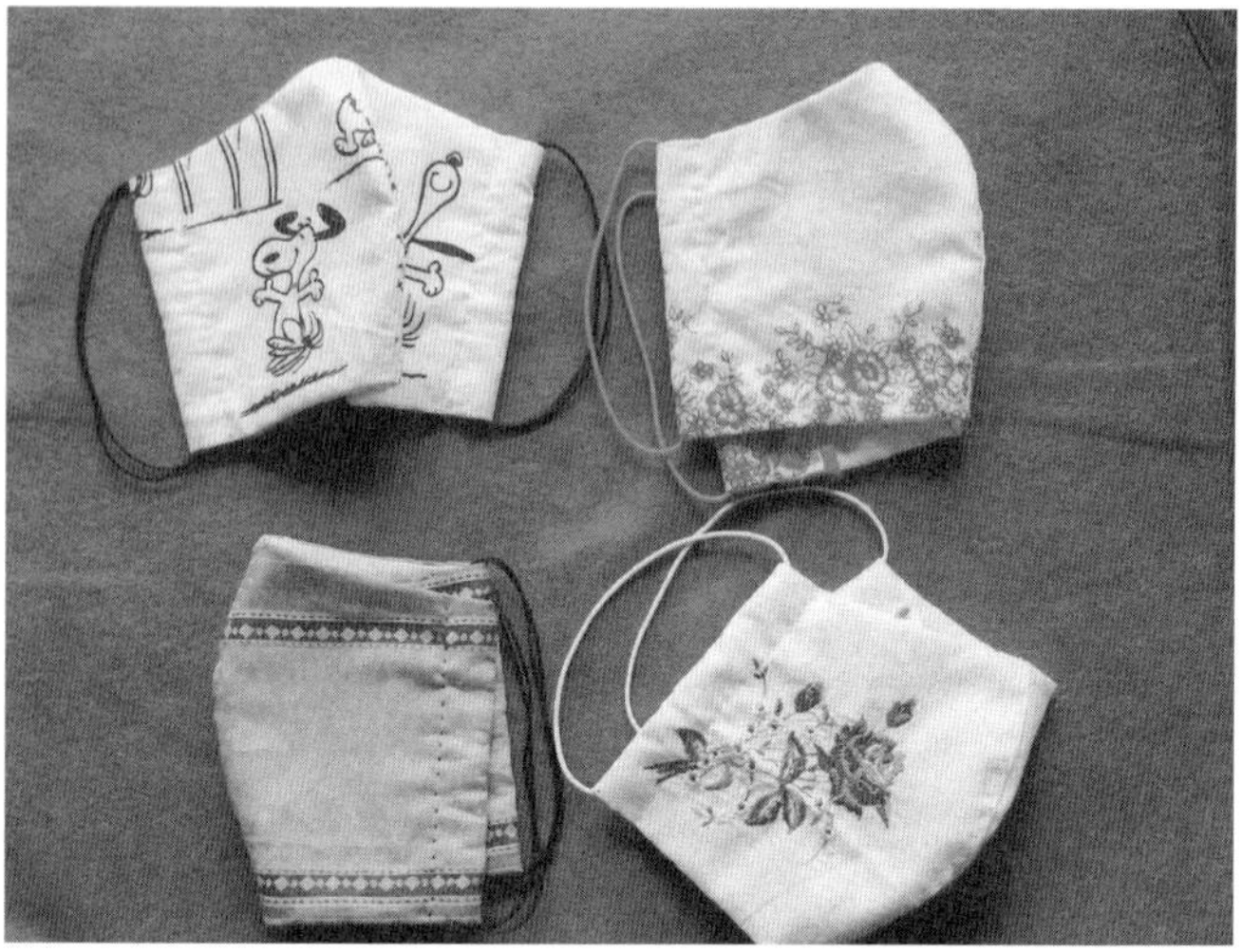

布マスク。不織布マスクが出回る前です。

枚は高松の友人Yさんへ送ったが、どんな反応があるか、かなり心配だった。できあがってからアイロンを当てて殺菌したつもりでも、他人が手作りしたマスクは必ずしも気持ちのいいものではなかろうから。

「おばさま、マスクをありがとう!」

姪の上の娘・Tちゃんからの電話の声が弾んでいる。彼女は精神保健福祉士として勤め始めたほやほやの社会人だ。

よかった。喜んでくれている。そこで送った四枚のうちのスヌーピーマスクが誰の手に落ちたかを尋ねると、

「お母さんよ。わたしが帰ってきたら、お母さんがもうあのマスクに唾を付けていて……」

Tちゃんは、ちょっぴり残念そうだ。そこで手元に残しておいたもう一枚のスヌーピーマスクを、すぐに送ると約束した。

高松のYさんからは葉書が来た。

〈マスクありがとうございました！　かわいいです。柔らかだし、立体的だし、いい柄です。……手作りということで感激……〉

うれしくて何度も文面を読み返した。Yさんに送ったのは淡いオレンジ色の地の片側に細い黒の線で菊などの小花柄の浮き出たものだ。

二枚目のスヌーピーマスクを受け取ったTちゃんからも、また喜びの電話があった。

新型コロナウイルスのパンデミックはまだまだ納まる気配がない。隠居の身ではあるけれど、今後ともできるだけ他人に喜ばれることを、ささやかながら続けていきたいと思う。

（二〇二〇・五・三）

祖父の思い出

毎年春・秋の二回配布される『いながわベース』という猪名川町の情報誌がある。二〇一九年の春号では、この町が長寿の町であることにちなんで、元気に活動する四名の年配者が紹介され、私もその一人だった。

取材を受けたとき、昔の写真を求められたので、小学四年の時の写真と、大学四年の正月の家族写真を渡した。後者は私の結婚前の本籍地・埼玉県春日部市の自宅の庭でプロに写してもらったものだ。前列には椅子に掛けて向かって左から父、祖父、母、後列には兄と私が立っている。

ちょっと意外だったのは、『いながわベース』の編集メンバーの方が、この写真はとても素晴らしいと褒めてくれたことである。しかし、どうやら褒めてくれたのは、祖父のひげの風貌らしいのだ。祖父はこのとき八五歳で、口髭と顎鬚が繋がるように格好よく伸ばし、先端は自然に左右に分かれている。

初めて祖父の写真を見た人が随分祖父を褒めてくれたので、私も現在の目で、祖父を改めて見直してみようと思った。

転勤族だった私たちが祖父母の住む春日部に帰ってきたのは、戦後間もない昭和二一年である。祖母はその翌年に、祖父は一〇年後に八九歳で他界したのだが、その一〇年間は、私の一五〜二五歳に当たる。

その頃祖父はもう隠居していたが、菊作りに熱心で、毎年大きな鉢に幾つも立派な菊を咲かせていた。また水原秋桜子の俳句結社『馬酔木《あしび》』の同人だったらしく、毎月その冊子が届き、八畳の祖父の部屋に七、八人集まって句会を開いたりもしていた。十牛という俳号だったが、それは専門が博物だったので、その漢字の偏を取ってつけたと聞いている。

祖父は若い頃、小学校の訓導や校長を勤め、その後中学校で博物の教師をしていた。文部省の検定でその資格を取ったというが、それ以前にどんな勉強をしてきたのか、私はついぞ祖父が自分の学んだ学校の話をするのを聞いたことがない。

祖父は慶應三年生まれだ。慶應四年が明治元年で、明治政府が国民皆学をめざし学制を公布したのは明治五年だから、小学校はもうあったはずだ。一方祖父が検定の時の話をするのは、何度も聞かされた。

その長男だった父も博物が専門だが、こちらは高等師範学校で学んだ人だ。

同じ専門の祖父と父を、私は意地悪な目で比較してみたことがある。道端の草の名を尋ねてみると、父が知らない場合でも祖父は知っていた。後日それは、祖父が植物を学んだ頃は、植物分類学が主流だったから、と納得したのだが。

祖父はいかにもキリリとした感じの人で、当時近所では大《おお》先生と呼ばれていた。ただ、足腰の弱ってくる同じ八〇代をたどってきた今の私から見ると、晩年の日常生活は結構苦しかったのではないかと思う。昭和初期に建てた木造の家で、食事はちゃぶ台だったし、畳に布団の寝床、和式トイレ、鉄砲風呂の暮らしだったから。

菖蒲湯に山を下りくる杣夫婦　　十牛

「秀ちゃん、どうだい。この句は？」

と言って、祖父は一度だけこの自作の句の評を求めてきたことがある。しかしその頃私は全く俳句に興味がなく、

「どこの山でその人たちに会ったの？」

と答えると、

「いや、まあ、それはいいんだ」

と言って話は終わりになった。私は可愛げのない孫だったし、祖父は私には少々煙たい存在だった。

祖父は病院ではなく自宅で最期を迎えた。母の話では、ほとんど苦しまずスーッと彼岸に旅立ったそうだ。天寿というものだろうか。

長男の嫁として何かと世話してきた母が聞いた祖父の最後の言葉は、「ああ、気持ちがいい！」だったそうだ。

母は祖父の俳句に関係した貴重な書類を私のために取っておいてくれた。『十牛先生八十歳祝賀記念句集』は筆書きで見事な和綴じの本だ。水原秋桜子や長谷川かな女の自筆の短冊もある。

もし祖父が、いまこの猪名川町に住んでいるとしたら、『いながわベース』の取材を

受けることは、まず間違いないと思う。

沈丁花に薄月《うすづき》上る狭庭哉　　十牛

（二〇二〇・一二・一〇）

子の付く名前

　先日、園内の句会が終わっての雑談で、女性の名前のことが話題になった。現在この句会のメンバーは男性二名に女性が五名だが、その女性は五人とも子の付く名前である。もうかなり以前から、女性でも子の付かない名前が多くなってきているけれど。

　逆に『○子』以前の女性の名はどうかというと、仮名二文字の名がかなりあったような気がする。祖母の名は『まつ』であった。母は四人姉妹で他に兄と弟もいたが、姉妹の名は上から『テイ』『セイ』『光子』『孝子』といった。母は明治三〇年生まれの三女・光子である。当時は子を付けるのがモダンだったのかも知れない。

　今でも子の付く名前を見れば、女性と思うのが普通だろう。

三〇年ほど前、川西市の朝日カルチャーセンターで俳句をしばらく習っていた。講師はホトトギス同人の粟津松彩子《しょうさいし》であった。その名を見て新学期に新しく入ってきた受講生が、「あら、女の先生じゃないんですか？」と、私にささやいたのを思い出す。

俳人には子を子《し》と読んで、子で終わる俳号の人は他にも高浜虚子《きょし》を始め、水原秋桜《しゅうおう》子《し》、山口誓子《せいし》、藤田湘子《しょうし》らがいる。皆、男性である。

子《し》を辞書で引くと、『〔一〕こども。特に男児。〔二〕学徳のある人物に対する敬称。先生。特に孔子をさす。〔三〕（省略）』などとある。

名前に『子』が付こうが付くまいが、男女を問わず、人の名前には意味がある。子どもに対する親の願いが込められている場合が多い。私は大分県大分市生まれなので、母の話によると、豊後の国ということで最初『豊子』にしようと思ったそうだ。しかし、近所にその名前のちょっと困った子がいたので、その逆の『秀子』にしたのだという。

父は中等学校の教員だったので、二、三年ごとに転勤があり一家転住するから、子どもはその都度転校することになる。私は小学校に入学して高等女学校を卒業するまでに、五回転校している。そんな関係もあってか、よく名前の字について、他人に説明しなければならない機会が多かったように思う。

「ひでこ、ひでこのひでは、どんな字？」

こう聞かれたとき、「優秀の秀です」とは、子どもながら、さすがに言いにくかったのだ。

一つ、素敵な思い出がある。

福井県には武生市、敦賀市、小浜市と合計一〇年住んだけれど、小浜の小学校での出来事だったと思う。

小学校では一般の教科は受持ちの先生が担当するが、体操は体育の先生の担当である。私の転入したクラスには先にもう一人、松田隆子という転入生がいた。

体操の時間に出席をとるとき先生は、

「松田、名前は何という？」

と問われた。先生の出席簿には、まだ姓しか記入してなかったのだろう。

「たかこです」

「いゝ、どんな字だ？」

「西郷隆盛の隆です」

あ、なるほど、と思った。次は「小島（私の旧姓）、名前は何という？」と来るに決まっている。そこで、

「小島秀子、ひでは豊臣秀吉の秀です」

と言うと、先生はニヤッと笑っていた。

このことがあってから、名前の字を聞かれたときは、その場の雰囲気にもよるけれど、豊臣秀吉にご登場頂いている。


さて次の句会は九月八日、兼題は『月、その他』である。このところ悪天候続きで良い月を見ていないが、昔ならこれでは句は出来ないと思ったものだ。今では『無月』『月を待つ』でも何とかなりそうだし、思い出の名月を詠むのもいいと思っている。

それでもやっぱり、現実の、明月を見たいものである。


（二〇二一・九・四）

紅葉ドライブ

令和三年一一月一五日の兵庫県内の新型コロナウイルス新規感染者数は、三人であった。第五波は終息したかに見える。おまけに一六日の天気予報は晴ときている。

今日は一六日。思えば本当に久しぶりの、レインボーハイツからの日帰りバス旅行だ。前回は、二年前の琵琶湖クルーズだったのだから。

今日の行先は兵庫県立一庫《ひとくら》公園で、ほんの一時間あまりのドライブというのだが、この種の娯楽に飢えていた入居者の申し込み数は想像以上で、三〇名に近かった。

密を避けてハイツの小型バスと職員の車で、さらに三〇分置きの時間差で出発、私は二時半発の最後のバスで七名が一緒だった。

やはり心がはずむ。若いころには気付かなかったけれど、年寄りは見守ってくれる人が居て初めてゆったりとくつろげるのだ。

世間話をしながらしばらく行くと、やがて一庫ダムが見え始める。随分と水位が低い。そういえば滋賀、京都、大阪の水瓶である琵琶湖の水が異常に少ないというニュースを聞いたばかりで、此処もそうなのかと心が痛む。猪名川町の水源はこのダムなのだ。

一庫公園到着。ここは一庫ダム（知明湖）に突出した半島にある広々とした自然豊かな公園である。丘の駐車場に着くと、前の便で来ていた人たちが如何にも満ち足りた表情で待っていた。私たちが来た便で帰るのだ。

私たちは、まず枝ぶりのいい紅葉の前で記念撮影。それからネイチャーセンター前の造り付けの木の椅子にずらりと腰掛けて一服する。ハイツからポットに入れて持参した職員心づくしのコーヒーが、何とも美味しい。それに何よりもこの気持ちの良い小春日和がうれしい。園長は晴れ女に違いない。

ところで期待の紅葉だが、ここはテレビで紹介されるような紅葉の名所ではなく、自然に浸って甦生《そせい》する公園と、後で理解した。つまり、地図によると、ネイチャーセンターを中心に森の広場、森の遊び場、炭焼窯、エドヒガン群生地、自然観察の森、クヌギ林、丘の流れ、デッキウォークによる森の小道などがある。中でもエドヒガン桜の群生は川西市の天然記念物に指定されているから、紅葉より桜の名所と言えよう。

さて帰りの集合時間が告げられると、後は自由時間だ。ネイチャーセンターに向かって左手から見晴らしの丘に続く階段が伸びている。行けるだろうか。しかし木を打ち付けて作った土の階段で石もごろごろしている。少し登って階段にせり出した紅葉などカメラに収めたものの、見晴らしの丘までは到底行けないと判断して引き返した。あと五年若ければ、などと思い、これは勇気ある撤退だ、と自分に言い聞かせながら……。

それから、炭焼窯や蝶の館をちょっと見て、最終のバスで帰園したのだった。

あぁ、今日は本当にいい一日だったとそれなりに満足していたのだが、夕食の食堂でびっくりするような話を小耳にはさんだ。私より年長のFさんがあの階段を見晴らしの丘まで登ったというのだ。

後日ご本人に事情を聞くと、彼女は一時半発の第一便で一庫公園に着き、見晴らしの丘へは、階段が登りにくいので途中からは芝生に降りて登っていったのだそうだ。幸い、もっと若い連れもいたので、とのこと。

それからFさんとひとしきり、年齢と体調のこと、また生活の工夫などにつき話し合ったのだった。

今や百歳人生の世の中である。卒寿をちょっと超えたぐらいで、へこたれてはいられない。自重しながら貴重な人生を悔いなく全うしたいと思う。

（二〇二一・一一・二三）

三人のレインボーパーティー

毎年五月と八月の年二回、兄夫婦とその子どもや孫たちが、レインボーハイツに遊びに来てくれるのが恒例だった。六年前に兄が他界して後もそれは続いていたが、このところ二年間はコロナ自粛でストップしている。

兄が随分と可愛がっていた孫たちももう成人して、それぞれの関心事に忙しそうだが、姪とその娘たちはぬいぐるみ大好き人間である点で、私との縁が深い。

今年は久しぶりに行動制限のない大型飛び石連休だったが、レインボーハイツは高齢者施設なので、家族との面会さえオンライン、又は館内の指定場所で一回四五分まで、などと制限されている。

そこで五月五日の午後会いに来てくれる予定の姪とその娘Tちゃんとは、レインボーハイツに近いカフェ・Pでまずお茶をしてから、ハイツ中庭の藤棚の下のベンチで、ゆっくり時を過ごすことにした。

その日は神様も私たちに味方して、素晴らしい五月晴れだった。二時過ぎには日生中央駅で二人を出迎えるとすぐにカフェ・Pへ。昨年三月の私の右上腕骨骨折時以来の再会で、夫・兄は既に亡く子どももいない私としては、とてもうれしい客なのである。ちょっと残念だったのは、私はホックとリボンを連れて行ったのに先方はモン子ちゃん（チンパンジーのぬいぐるみ）を忘れてきたこと……。

自家焙煎のコーヒーとクラシック音楽が売りのカフェ・Pでは、苺のパフェをいい雰囲気のなかで頂く。そしてすぐにレインボーハイツへ。

ハイツの玄関先まで来て中に入ってもらえないことに少し心が痛んだけれど、建物の右を回って中庭に出た途端に、私は今日の三人のレインボーパーティーの成功を確信した。

まずは芝生の中央に特大の鯉のぼり。藤棚の下はいかにも気持ちよさそうな木漏れ日で、向かい合った白い二脚のベンチが人待ち顔だ。フェンス沿いには躑躅が咲き、桜桃《さくらんぼう》の実が色づいている。それに暑くも寒くもない。

Ｃ棟からはカラオケサークルの人たちの声がかすかに聞こえてくる。

三人は上機嫌でベンチに座り、まずはプレゼント交換だ。私からは、今後使いそうもないネックレスや指輪を、二人からはスヌーピーのマーク入り不織布マスク一箱に紫陽花一鉢とお菓子を頂く。

麦茶でぼりぼりおかきを食べながら四方山話をした。Ｔちゃんは、料理がうまくお菓子作りは抜群だが、最近園芸植物に凝り始めて「黒い花のクリスマスローズは高価なのよ」などと言い、庭の周辺を見て回っている。

「おばさま、ブランコに乗ろう！」と誘われて、一緒にブランコにも乗った。一〇年以上昔のレインボーパーティーで、兄が孫たちに誘われてシーソーに乗っていたのを思い出す。「尻が痛いな」などと言いながら。

たわいない話をしながら中庭のあちこちでホックたちも一緒に写真も写してくれた。

全く偶然にＯさんが中庭に出てきた。今カラオケが終わったところだと言う。私が入院している間、ホックとリボンの里親になってくれた方で、早速姪とＴちゃんを紹介し、ひとしきり話がはずんだことであった。

こうして楽しいひとときを過ごしてから、「又ね」と別れたのだったが、この日は天候、気温は申し分なく、段取りもすべてうまく運び、コロナ感染者も一週間前より減っていたのだから、今の私としては本当に最高の一日であった。感謝のほかはない。

Tちゃんからあの日の写真が届いた。みんなそれなりに満足そうな顔をしている。ふと、私は、いまわの時にもこの日のことを思い出すのではないかと思った。

（二〇二二・五・一四）

私の編集今昔物語

昭和二八年に私が社会人として初めて就職したのは旺文社である。ただし最初は日本英語教育協会（略して「英協」）という文部省認定の通信教育機関に配属され、旺文社社員として出向勤務していた。仕事は全国から寄せられる学生たちの答案の添削等である。

やがて本社の雑誌部の仕事のうち、高校生の英語学習誌・ユースコンパニオンの編集の仕事が英協に回ってきた。更にユースコンパニオンの中学生版とも言うべき「中学英語時代」という雑誌を英協で創刊することになる。

この中学英語時代の編集に、経験者の編集長と素人の私ともう一人の新人が当たることになり、私としては、いま思い出しても非常に貴重な勉強をさせてもらった。

記事のテーマはもちろん大切だが、私がその後の人生でも役立って本当に良かったと思うのは、編集の技術的なことである。——ページのレイアウトの仕方とか、校正の仕方とか、写真のどの部分を使ってどの程度縮尺するか、そしてその指示の仕方などだ。

しかし中学英語時代は、三人で本当に一生懸命頑張ったのだが、三年で廃刊の憂き目を見ることになる。中学生に全教科でなく英語だけを中心とした月刊誌は、需要が少なかったのだと思う。

昭和三五年に結婚し香川県に住むようになった。ちょうど高校の教師が不足していた時期で、免許を持っていた私は、比較的スムーズに高校教師に採用された。

香川県には「英語香川」という県内の英語教師を対象としたA４判の冊子があった。英語教師自身が書き、編集する、年刊誌である。授業の工夫とか書いてあることはとても有意義なのだが、一つの記事の最後の数行が数ページ後に回してあったりして、素人の編集ということは明らかだった。しかし新米教師の私は教師としての日々の仕事で精一杯だったし、「英語香川」の編集に口を挟むどころではない。

時代の流れで勤務校にも語学演習室（ＬＬ）が創設されるとその教材を作ったり、短期間ながらアメリカへの語学研修旅行にも参加し、一度は生徒のアメリカ修学旅行にも同行した。そして最終的には一人でも多くの学生を希望の大学に送り込むため、限りなく多忙だった。

子も授からぬまま、四四歳で寡婦になった私が、将来のことを考え始めたのは五〇歳半ばだったろうか。その頃全国に有料老人ホームという施設ができ始め、その説明を聞きに高松から大阪まで足を運んだ。

結局兄の家族の住む大阪府池田市に比較的近い四つのホームを見学した結果、今住んでいる猪名川町のレインボーハイツを選んだのだが、これは本当に正解だったと思う。

入居したのは平成元年、五八歳だった。地方公務員の定年は六〇歳まで延びていたのに退職を許してくれた校長先生には感謝している。

新しい生活が始まった。大阪、池田、川西、あるいは猪名川町で、随筆、俳句、コーラス、水泳等を習い、書道も通信で続け、充実した毎日だった。しかし何よりも特筆したいのはレインボーハイツの情報誌「山なみ」のことである。

「一七〇名もの方がここで一緒に暮らすのですから、何かここの情報誌があってもいい。なんなら、楢崎さん、やってくれませんか」

という当時の園長の呼びかけに、決して自信などなかったのに応じてしまったのだ。

長続きするようにB5判、8ページ、三カ月ごとの季刊、発行者は事務局だが、編集は編集者にまかされて、平成二年一〇月に創刊号ができあがった。
内容は入居者の随筆、俳句、和歌、ほかに事務局だより、行事の写真などだ。時々入居者から文句を言われることもあるが、結構喜ばれていると思う。最初二人で始めた編集も、やがて私一人になったが、現在一二九号まで一回も欠かさず続けている。そろそろ後継者を捜さなければ、と思いながら。

（二〇二二・一一・四）

雪の思い出

昭和九年からの約一〇年間を福井県で暮らした。三歳からの一〇年間で、その後は埼玉県、東京都、香川県、兵庫県だから、雪の思い出と言えば、まず福井県である。

最初に住んだ武生《たけふ》市では、一戸建ての借家だったが、前庭と屋根付きの門のある家で、大雪の年など、雪かきがとても間に合わない。そこで父は門の横に『アタマアブナイ』と朱書した張り紙をして、くぐる人に注意してもらい、何日かそれが続いたのを思い出す。

父はまた兄と私に子ども用のスキーを買ってくれて、結構楽しんで滑っていた。九頭《くず》竜《りゅう》川の支流の日野川が少し離れた所を流れていて、その土手から田んぼへ向けての斜面は、子どもにとって絶好のゲレンデであった。二毛作をしない田んぼは、冬は一面の銀世界なのだ。母に呼ばれて帰るとき、その帰り道でもスキーが楽しめるように、見える範囲でできるだけ遠くの土手まで足を延ばしたものである。

父の転勤による一家転住で、次は敦賀市に三年間住んだ。私の小学二～四年の頃である。敦賀は武生ほど雪はひどくなかったが、やはり雪かきは大人の冬の大仕事であった。

雪かきには鉄製の先の四角い大きなシャベルが使われていた。しかし道路に二〇センチ近くも降り積もった雪は、踏み固められ、さらに凍り付いたりすると、とてもシャベルでは歯が立たない。そこで鋸《のこぎり》でコンクリートブロックぐらいの大きさに硬い雪を切り分けて、横を流れる小川にドボーンと放り込むのであった。この光景には雪国暮らしの経験のない母も驚いていた。

次に住んだ小浜市での思い出は、雪より夏の海水浴について書きたいところだが、雪についてもあるにはある。

昭和一〇年代の当時、私が通っていた小学校は、武生でも敦賀でも小浜でも、冬は皆ゴム長靴であった。ゴム長靴の裏面には波形などの模様がついているが、その模様がメーカーなどによって微妙に違っている。そこで新雪やシャーベット状になった雪に残された靴跡を見て「〇ちゃんの足跡だ」などと当てっこしたりしていた。

昔日の若狭を偲ぶ雪の朝

そんなことを思い出しながら先日作った句である。

当時の子ども用のゴム長靴には踵《かかと》の後ろにゴムの突起がついていた。靴の土踏まずの所に取り付けるアイゼンのような鉄の滑り止めを、細い皮ベルトで、靴の甲・滑り止め・突起の上と回してしっかり止め付けていた。しかしこれは、雪のない所を歩くには滑り止めが土踏まずに食い込むようで、かえって不便で、あえて雪のある所を拾い歩きなどしていた。


さて第二次世界大戦が終わり、教員免許状と共に大学を卒業し、社会人となる。

昭和三八年から私は香川県の高松第一高校の教師として勤め始めていた。この学校では年に一度、希望の生徒を募っての『スキー教室』が鳥取県の大山とか長野県栂池《つがいけ》スキー場で開かれたが、それに同行した時のことである。

雪とは縁の薄い香川県の高校生はほとんどスキーは初めてで、コーチにうまく指導されても最初は転んでばかりいる。そこで私がスイーッと滑って見せると、元気そうな男子生徒が「うおー！」とばかり驚くのだった。自分にできないことが、中年の女先生にできるはずがない、と思っていたに違いない。愉快だった。一〇年間の福井県での経験は生きていた。しかし若さというものは素晴らしい。その生徒は、翌日にはもうかなりうまく滑っていた。

さて今日は二月四日、もう立春である。一月二五日にはこの冬一番の寒波で、列島各地で雪による被害が続出した。寒さはいましばらく続きそうだが、頑張って、機嫌よく花の春を待ちたいと思う。

（二〇二三・二・四）

祖父の思い出再び

朝の連続テレビ小説で、いま『らんまん』というのをやっている。植物学者・牧野富太郎をモデルにその生涯をたどるもので、これがなかなか面白い。

ふと祖父・小島三郎も同じ時代の人かも、と思い調べてみると、富太郎は一八六二〜一九五七年、祖父は一八六七〜一九五六年の生涯であった。その上祖父も、若い頃小学校の訓導や校長を勤め、更に文部省の検定で資格を取り、中学校で博物教師もして、草の名前を本当によく知っていた。

祖父は富太郎の研究に触発されたのだろうか。しかしラジオの全国放送が始まったのは一九二八年だし、新聞は一八七〇年代からあったようだが、高価だったというそれを、祖父が読んでいたかどうかは分からない。

　私が埼玉県春日部市の実家で祖父母を含む六人で暮らし始めたのは昭和二一（一九四六）年で、一五歳の時だった。その頃祖父は既に隠居の身で、大きな鉢に幾つも見事な菊を育てたり、鳥籠にヒタキを飼ったり、俳句をたしなんだりしていた。口髭と顎鬚を格好よく伸ばし、近所の人たちには大《おお》先生と呼ばれ、ちょっと私には煙たい存在だった。

　それでも今にして思えば、富太郎も祖父も長生きしたのだから、或る時期以後には祖父が富太郎を知らなかったはずはないと思う。しかし春日部で暮らした頃、私は自分の学校や受験のことで精一杯で、あまり祖父のことは考えていなかったと思う。


　いま祖父の享年八九を数年超えた私は、しきりに祖父の晩年の暮らしを思い、後悔めいた思いにかられている。父も母も兄も最期は病院だったから、それなりの扱いを受けて旅立ったのだが、祖父の場合は自宅で最期を迎えた。私はもう大学を出て東京で下宿生活を送っていたが、度々帰宅して家の様子は分かっていた。

　戦後しばらくしてから昭和三〇年頃にかけて、古い木造の家ではトイレを洋式にしたり、システムキッチンを入れたり、食事を椅子テーブル式に改めるのが流行していた。

しかしわが家ではそれをしなかった。足腰の弱ってきた祖父のために、せめてベッドを入れ、和式トイレに手すりぐらいは付けてあげればよかったと思う。

ただ救いは、何かと祖父の世話をしてきた母の話によると、祖父は全く苦しまず「ああ、気持ちがいい！」という言葉を最後に残して旅立ったということである。

ちょっと残念な話だが、祖父と父はあまり折り合いがよくなかった。祖父には孤高といったような風情があり、父はそれを嫌っていた。弱ってきた祖父のための家の一部改造は、本当は父が言い出すべきであったと思う。

しかし父は子どもには本当に優しかった。私は東京都文京区にある大学まで、片道一時間四〇分かけて戦後の混雑する電車で通学していたが、毎晩危ないからと春日部駅まで父が迎えにきてくれた。それが近所でうわさになったほどである。

今朝も連続テレビ小説『らんまん』を見た。自由民権運動の集会に誘い込まれて投獄された富太郎こと万太郎を、高知から祖母が引き取りに来る話であった。万太郎は既に家業の造り酒屋は継がず植物学で身を立てる決心をしている。

思えば私の祖父・小島三郎も、徳川慶喜が大政奉還を諮問した年に生まれ、牧野富太郎とほぼ同じ激動の時代を生きてきたのだ。

これからは『らんまん』を見ることで、昔敬遠していた祖父の一生を楽しみながらたどってみようと思っている。

（二〇二三・五・二）

思い出の昆虫標本

七月が終わろうとしている。二四節気の大暑で、七二候としては『土潤溽暑《つちうるおいてむしあつし》』や『大雨時行《たいうときにきたる》』が含まれるが、正にその通りの恐ろしいような猛暑日が続く。いま小中学生たちは夏休みの宿題をどんなふうにやっているのだろう。ふとそう思ったのは、テレビでカブトムシを売っている店があることを知った時だった。

それにつけても思い出すのが昭和一〇年代、兄や私が小学生の頃の夏休みの宿題である。福井県の武生だったか小浜だったか、兄はしきりに昆虫網を振りまわし、蝶やトンボを追いかけていた。そしてそれを標本に仕上げるのである。

まず直径五、六ミリのガラス管を買ってきてこれを一五センチ程に切り、その両端を持って中央部をアルコールランプの火にかざす。子どもの頃私はよく扁桃腺を腫らして吸入器を使っていたので、そのアルコールランプを使ったのだと思う。

やがて中央部のガラスが柔らかくなってきたとき左右に引っ張るとその部分が伸びて細くなる。火を止め、冷めてから細くなった部分を切ると二本のスポイトの先端ができあがる。太いほうの先端には、当時の液体インク用のスポイトのゴム袋を使ったのではないかと思う。

このスポイトを何に使用したのか？　採集してきた昆虫を裏返して、その腹部に麻酔薬としてこれでアルコールを注入するのだ。虫が暴れなくなったところで背中から虫ピンを刺して板に固定し、さらに翅や脚を整えて細い紙と虫ピンで止めてゆく。目撃したわけではないが、どうもこの作業は最初父が兄に教えたらしい。

こうしてできた昆虫標本には父の図鑑で調べた名前を書いて貼りつけてゆく。シオカラトンボ、ムギワラトンボ、モンシロチョウ、モンキチョウは言うに及ばず、アゲハチョウや、小さなイチモンジセセリも集めていた。さすがにハチは敬遠していたようだ。ガ（蛾）も腹が太くて嫌われていた。

兄が楽しそうに昆虫採集に励むので、私もよくついて行って昆虫と親しんだ。例えば竿先に止まって大きな二つの複眼をちょっとキョロキョロさせてから、安心して段々と四枚の翅を下げてゆくトンボの姿。セミを採り損なっておしっこを掛けられ、悔しがる兄の顔。

オニヤンマは大きく、とても立派で、その標本ができたとき私は兄を尊敬した。一方嫌なハエやカ（蚊）も多かった時代だが、それが普通と思って暮らしていた。天井からハエ取り紙を吊るし、ハエ叩きで取ったハエの数を競い合い、蚊取り線香や蚊帳《かや》の世話になった時代である。

兄の昆虫標本は、二学期に学校でとても褒められたそうだ。他の男の子たちはどんな宿題をしていたのだろう。当時は学年はもちろん、男女も別々のクラスだった。

八月に入った。相変わらずの猛暑である。新聞によると今年の七月は日本の観測史上最も平均気温が高かったそうだ。そしてその猛暑はまだまだ居座るという。

しかし私は昨日中庭でトンボの姿を見た。一瞬のことで何トンボかは確認できなかったが、これでまた昔の兄の昆虫標本を思い出し、いっとき感傷にふけったことであった。

だが蜻蛉（トンボ）は歳時記では秋の季語になっている。立秋は八月八日で、七二候の解説は『涼風至《りょうふういたる》』となっているが、到底そのようにはいかないだろうと覚悟している。

（二〇二三・八・三）

秋ざくら

高松の歳の離れた友人Yさんは、毎年私の誕生日祝いに翌年のスヌーピー手帳やカレンダーを贈ってくださる。今年はおまけに姪の家族からもプレゼントが届き、うれしい限りだが、九〇過ぎの婆さんとは言え、これに甘えていていいのかと少し気になる。

誕生日当日の九月二八日、朝の食堂からの帰りに事務室の前で、「あ、楢崎さ〜ん」と呼び止められた。何事かと振り向くと、女子職員二人がニコニコ顔で窓口まで出てきて、「お誕生日おめでとうございま〜す」と言うのであった。入居者同士でも、いや仲の良い友達でもその人の誕生日まで知っていることは稀だろう。多分これは事務室での職員朝礼で、今日は誰それさんの誕生日だから挨拶しましょう、などと申し合わせているに違いない。事実この日は廊下で園長に会ったときも、エレベーター前で事業部長に会ったときも「お誕生日おめでとう」と言われたし、ケアマネージャーからは「ハッピバースデイツーユー」と……。九月生まれの誕生日会は既に一二日に開いてもらっているから、大体の顔ぶれは分かっているだろうけれど。

さて今年猪名川町では、九月の敬老事業が様変わりした。『従来の会場型敬老会に代え、慶祝品のお渡しをもって皆様のご長寿を祝う敬老事業とさせていただきます』とのことで、商品の案内、引換券、引換場所などが一枚の紙に印刷されて送られてきた。娯楽のためにわざわざ外出するより、私としてはこのほうがずっとうれしい。選べる商品のなかには大好きなお菓子もある。しかし引換期限が一一月末なのでのんびり構えていたが、ふと、ある考えが浮かんだ。

今日のこの誕生日を利用して、お店の人にもう一度「お誕生日おめでとうございます」を言ってもらおうかしら！

選んだ商品は『ポコちゃんセット』で、どら焼きやバウムクーヘンなどの四点セットである。

早速指定のお店に出向き、店員に、

「猪名川町の敬老のお祝いを……」

と言いかけると、彼女は、

「ああ、五番ですか、六番ですか？」

と問いかけてきた。

「六番のほうを。実は今日は私の誕生日でしてね、そのお祝いを頂くつもりで……」

しかしそれに対する返事はなく、プイと六番のポコちゃんセットの袋を手渡してくれた。


帰路、なんとなく現実に差し戻されたような気分であった。レインボーハイツの中だけで生活していると、みんな優しいからそれに甘えて感覚が狂ってしまうのだろうか。

レインボーハイツではいまC棟で改修工事が進んでいる。平均年齢が上がるにつれ、要介護者が楽しく一緒に昼間を過ごす、広い快適な部屋が必要になったためと理解している。一〇月末には完成予定で楽しみではあるが、まだ元気な入居者がこれをどの程度利用させてもらえるか、気になるところではある。

ともあれ、私の誕生日を祝ってくれた姪たちには、今晩電話をしなければ……。高松のYさんには絵手紙を書くつもりだ。

こうして私は九三歳になった。ちなみに母は九二歳で逝ったのだが、晩年の六年間は高松市に住む私と一緒に、次の四年間は大阪府池田市に住む兄の家族の世話になり、最後は猪名川町の生駒病院で、一九九〇年に静かに彼岸に旅立ったのだった。

母の享年超えし命よ秋ざくら　　秀子

（二〇二三・九・三〇）

II　暮らしのなかで

スヌーピーは鎹《かすがい》

この六月に九一歳で亡くなった作家田辺聖子氏のお別れ会が、八月三日伊丹市の某ホテルで開かれた。

田辺聖子氏の随筆は軽妙で面白いうえ、スヌーピーのぬいぐるみが大好きとのことで、ひと頃文庫本を数冊、夢中になって読んだものだ。新聞で見たお別れ会の祭壇にはスヌーピーと一緒に写ったにこやかな遺影が飾られている。

聖子氏のスヌーピーは、大人と対等に話し、時には大人をからかったりもする成犬だ。それに対してわが家の四匹のスヌーピーたちはまだほんの子どもで、ただただ可愛らしく、いい子で、私の大切なセラピー犬なのだ。

このセラピー犬たちの扱いについては、今まで随分気を遣ってきた。

どこの観光地だったか忘れたが、独りで来ていた中年の婦人が、持参のぬいぐるみを相手に、それこそ真剣に会話しているのを見てしまったのだ。本人は見られているとは思わなかったのかも知れないが、目撃した私には何か異様に感じられ、ショックだったから。

しかし、レインボーハイツでの生活が長くなってくると、園内では私のスヌーピー狂はだんだん広く知られるところとなり、食堂にも色々な行事にも平気で彼らを連れていけるようになった。それどころか、わがスヌーたちを待ってくれている人までいる。

わがスヌーたちはいまや、私のセラピー犬というだけではない。愛想の悪い私と他の入居者たちとの鎹《かすがい》にまでなっている！

とりわけOさんは彼らをとても可愛がってくれる。たとえば私一人の旅行なら、小さいスヌー一匹だけをリュックにしのばせて行き、宿に着いてから何やかやとかまってやるのだが、Oさんが一緒だと、まるで様子が違う。

「双子なんだからホックちゃんもリボンちゃんも、それにゴリちゃんも連れて来てね」

ゴリちゃんはリボン姉ちゃんを慕うゴリラの赤ちゃんである。

電車に乗って腰掛けると、この三匹が窓から景色が見られるよう、バッグなどで足場を作ってやる。その様子を見ていた客に声をかけられると、Oさんはごく自然に話をし、にこにこと対応している。私はそれを見ながら、ただニヤニヤしていればいいのだ。

毎年五月と八月には、兄亡き後も甥と姪の家族にレインボーハイツに来てもらって、一日楽しく遊んでもらっている。自称レインボーパーティーだ。この八月四日には、甥の高校生の息子は旅行中で来られなかったが、私を含めて六名が集まり、昼食を共にし、ゲームをしたり、おやつを食べたり、世間話を楽しんだ。

みんなぬいぐるみ好きで、彼らもそれぞれ連れて来ていて、ぬいぐるみ同士でも旧交を温め合っている。

ゲームはスクラブルをした。英語のクロスワードゲームだ。今回は姪の上の娘が大勝利であった。

おしゃべりをしているとき、田辺聖子氏のお別れ会の遺影のことが話題になった。

「私の告別式用の写真はもう用意してあるんだけど、あんなふうにスヌーピーと一緒に、もう一度撮りなおそうかな」

ふと思いついてこうつぶやくと、これに対する姪の娘たちの反応はこうだ。

「うん、それがいいよ。そうして！」

甥の高校生の息子は小太郎という名の古ぼけた犬のぬいぐるみを可愛がっているが、学校からのオーストラリア旅行とあって、さすがに今回は、連れていかなかったそうだ。

ぬいぐるみでつながった妙な家族である。


（二〇一九・八・一〇）

コロナウイルスの呪い（一）

新型コロナウイルスが忍び寄り、その感染症がクラスターとなる所まで現れて、人々を脅かしている。

このウイルスの感染症は、今や〈世界的流行《パンデミック》〉にまでなってしまった。パンデミックという言葉は、遠い学生時代に習ったように思うが、その後は思い出したこともないほど希有《けう》な、恐ろしい現象だ。

今日は令和二年四月一日。

思えば昨年の今日、新しい元号が令和と公表され、日本中が喜びに湧いていた。今年はそれを裏返したような四月一日で、それこそエイプリルフールであってくれればと思うが、これは紛れもない現実なのだ。

国内で確認された感染者が、今や三千人を超えた。不要不急の外出は避けよと言うが、若い人々にはなかなかそれができにくいようだ。

病院関係者、子育て中の人々の仕事は特に大変だし、ちょうど年度末で、卒業・進学・就職に関係して苦労した方も多いと思う。

だから、これから書くことは、決して読む人の参考にはならないが、自分のための珍しい記録として残しておきたい。

三月が一覧できる私の手帳を開くと、朱色の×印が九つついている。これは中止になった行事だ。

リバーコールの練習が三回と、それで出演予定だった猪名川町公民館フェスタ。西梅田での書道教室が二回に、大学の同窓会の最寄り会、園内のコーラス一回、同じく園内の花見茶会などである。さらに三月は亡夫の祥月命日があるので例年読経に来てもらうのだが、それも寺から中止の連絡があった。

その他に黒の×印が五つついているが、これは自分の意志で止めたものだ。

内科医二回、これは薬をもらうために四週毎に行くことになっているが、こんな時に具合が悪いわけでもないのに病院へ行くのは嫌なので、看護師さんに頼んで薬だけもらっておいた。歯科医が一回、これも定期的な歯の掃除だけなので断った。それから朝日ウイークリーを読む会、これは事務室に打診すると「外来者はできたらご遠慮いただきたい」とのことで、中止を決めて伝えた。

そして最後にNHK文化センター神戸のエッセイ教室だ。これはネットで調べて休講でないことは分かっていたが、こんな状況のなかでとても怖くてその気になれず、「遠いし、年寄りなので」と電話で断って欠席した。

このように異常で重苦しかった三月に、私が何とかやり遂げた大仕事がある。公正証書遺言の作り直しだ。

平成一六年に作り、二一年に作り直したが、その後色々と事情が変わって気にかかっていたのだ。今回は信託銀行の世話になり、伊丹公証役場で二人の司法書士と落ち合い、何とか仕事を済ますことができてホッとしている。公証人は前回とは代わっていた。

今日は四月二日。私の手帳の四月には、既に朱色の×印が八つ、黒の×印が一つついているが、この印はまだ増える可能性がある。

毎朝体育室でのラジオ体操の後に『レインボーハイツの歌』を歌うのだが、今朝からは体操だけ、ということになってしまった。

「ちょっと物足りないわね」の声も……。

このようにコロナ対策は、レインボーハイツでもますます厳しくなってきた。時間を決めて廊下や共用室の窓を開けるから、寒い。

それでも自然は正直だ。今や中庭のソメイヨシノは満開から散り初めといったところで、青空を背景に花びらの舞う姿は何とも美しい。

目下のところ猪名川町は、コロナウイルス感染者はゼロである。私たちは知恵と我慢の限りを尽くして何とかこの危機を乗り切りたいものだ。

（二〇二〇・四・二）

コロナウイルスの呪い（二）

半月が瞬く間に過ぎ、今日は四月十五日だ。新型コロナウイルスのパンデミックは、ものすごい勢いで爆発し、今や世界の感染者は一八四万余り、国内では八八九二名に達した。

最初は病気のことを中心に報じていたマスコミも、当然のことながら今ではその経済や家庭面への影響も大きく取り上げるようになっている。

その点、我々老人ホームの年金生活者は、自分さえコロナにやられなければ、ほんの少しの不自由さを我慢するだけだから申し訳なくさえ思ってしまう。

それでも今日は、日本中がコロナ禍を乗り切った暁の思い出までに、そのちょっと不自由な生活の変化を記録しておこうと思う。

食堂では従来、主食のご飯だけは、食堂のカウンターに並べられた普通飯、軟飯、お粥の三つの電気釜から入居者が自由によそうことになっていた。しかしコロナが云々され始めると、厨房職員が本人の希望を聞いて厨房内でこれをしてくれるようになった。

さらに〈三つの密を避ける〉一環として、食堂の各テーブルの椅子は一方向に向けてだけ置かれている。まるで学校の教室のようで、向かい合ってのおしゃべりはできなくなった。

共用室や廊下の窓は昼間の一定時間開かれていて、結構うそ寒い。誰もいない部屋で、芳香剤の器が風に煽られたカーテンにひっくり返されていたりもした。

三密を避けて、園の主催する行事はこのところすべて中止である。誕生日会、ラジオ体操、脳トレ体操、DVD鑑賞会、花見茶会、日帰りバス旅行、などだ。

同じく、有志によるいろいろなサークルも、ほとんど右へ倣えというわけで休んでいる。——ヨガ、囲碁、カラオケ、グラウンドゴルフ、コーラス、卓球、絵手紙、など。

さらに私が個人で参加している外部のサークル（書、エッセイ、混声合唱、朝日ウイークリーを読む会）も休会となった。

さあ、こんなときは、独りで頑張れることに力を入れればいいのだと、書を通学教室から通信指導塾に切り替えるつもりで、ホビールームでぼつぼつ書いている。

窓から見える中庭の桜は、ソメイヨシノがもう終わりに近く、一本ある枝垂れ桜がそろそろ満開である。

コロナ禍のせいか、今年の桜は例年になく特別に美しく感じていたが、花見はここの庭だけにしようと、割り切っていた。

そのとき全く唐突に、大変なことに気がついた。——写真がない！

私はレインボーハイツの季刊の情報誌『山なみ』を編集している。四月に一一九号を出して、フォトダイアリーでは、一二、一、二月の出来事を取り上げたのだった。一二〇号では三、四、五月の園での行事写真を出すはずだが、コロナのせいで、それがほとんどないのではないか。

今まで記事についてはこちらで心配してきたが、行事や会の写真は職員が沢山撮ってくれたのを取捨選択して使えばよかったのだが。

生きていると色々なことがある。今回のパンデミックでは、どれほどの人がどれほどの試練に立ち向かっていることだろう。

結局私は、この写真の件については、『サークル紹介』として別に写してもらっていたものを少しまとめて出して急場をしのごうと思っている。

中庭では、枝垂れ桜に次いで八重桜が、ずっしりと咲き始めた。そして新型コロナウイルスのパンデミックは続いている。

（二〇二〇・四・一五）

グラウンドゴルフ再開

実に半年ぶりに九月から、日曜朝のグラウンドゴルフが再開されることになった。
それに先立つ六月からは、しばらくコロナ自粛で中止していた体育室でのラジオ体操が芝生の庭で再開され、その気持ちの良さから、このゴルフ再開は本当に待ち遠しかった。

心配していた天候にも恵まれ、まずは芝生の落葉かきから始まる。この夏の猛暑で不自然に枯れ落ちた桜や夏椿の葉が、たちまち掃き清められる。

参加者は常連の九名だった。だから「では、早速」と言ってすぐ始まるのかと思ったらそうではない。リーダーのＩ氏は事務局と打ち合わせていて、手指やゴルフボールのアルコール消毒について、しっかり話をされた。

練習抜きで始まったゲームだったが、私は最初は調子がよかった。女性四名の内一人は七月に入居した新人で、グラウンドゴルフは初めてとのことだったが、全く悪びれない態度にはすっかり感心させられた。

その日は九月六日、過去最強クラスという台風一〇号が九州の南を北上しているニュースは聞いていた。しかしそれは、まだ遠い話であった。それどころか、時々吹いてくる風は本当に快く、猛暑の日々の後だけに、これぞ『新涼』だな、と思ったりしたものだ。

風にあおられて誰かの帽子が芝生に飛ばされると、次の人の打ったボールがその中に転がり込む、という珍事もあり、みんな大笑い。

久しぶりのゴルフでみんな機嫌がいい。スティックの当たりがいいと、カチーンと音もいい。以前ここでグラウンドゴルフを始めた頃、自分が長距離を打てないのは、力のせいだと思っていたのを思い出す。しかしそうではなく、ボールに当たるスティックの角度なのだ。だがそれが難しい。

酔芙蓉の大きな一叢に、これまた大きな真っ白な花が五つ、ちょうど良い間隔を置いて咲いている。小さくピンク色にしぼんだ昨日の花も幾つか見える。ピンクと言えば赤とんぼだ。私はこの秋初めて今日赤とんぼに気付いた。注意して見ると、かなり飛び回っている。もちろんまだ、朱色がかったピンクだけれど。

ギャラリーとしては、酔芙蓉の横に私のスヌーピーたちが並んでいる。

「おーい、応援が足りないよー！」

ああ、何と気持ちがいいこと！

酔芙蓉の反対側にある紫陽花は、ミイラのように枯れてそれでも茎にしがみついている。しかし、これまた風情があり、ふと私はゴッホの枯れた向日葵の絵を連想した。

途中一人が所用で外れ、結局八名が四ホールを四ラウンドしてゲームを終えた。ホールインワンは四人が一回ずつしたけれど、私は駄目だった。リーダーの成績発表によると、今回私のスコアは四五で、又しても五位だった。同点の場合は年長者優先という決まりがあり、今回同じ八九歳二人が同点だったが、今月中に九〇歳になる私が、五位に滑り込んだというわけだ。

やるからには、もちろんもっと上位を望むけれど、まあそんなことより私としては、この日こうして再び元気にグラウンドゴルフが楽しめたことを喜びたいと思う。

蛇足ながら、この日午後は三時間ばかり、共用室を借りて書の練習をしたのだが、その間、雨が降ったり日が照ったり、異常な天候であった。台風一〇号の不気味な予兆である。

九州地方の被害ができるだけ少なく済みますようにと祈るばかりだ。

（二〇二〇・九・七）

令和二年九月、卒寿を迎えて

九月二八日に卒寿を迎えたが、この月は月初めからコロナ絡みで色々変わった体験をしたので、順次記録しておこうと思う。

毎年三、六、九、一二月の初め頃は、レインボーハイツの情報誌『山なみ』に関する仕事をしている。この九月はうちつづくコロナ自粛で園内の行事がほとんどなく、従って写真も少なかった。そこで考えたあげく、絵手紙教室の方たちの了承を得て絵手紙誌上展で誌面を埋めたのだった。

六日の日曜には実に六カ月振りの中庭でのグラウンドゴルフが再開され、久しぶりのその楽しさに酔いしれた。

八日の西梅田での書道教室に向けて六、七日の午後は連落*に漢字四行書きを七、八枚練習したが、同時に一〇月のエッセイ教室用の自分のエッセイを早く書かなければ、とあせる。なぜならコロナのために一カ月遅れになっていた、エッセイの同人誌『玉繭《たままゆ》』七号の校正の仕事が、そろそろ送られてくる頃だったから。

一〇日は七カ月ぶりの猪名川混声合唱団リバーコールの集会があり、年次総会と合唱用マスクの配付があった。歌い始めるのは一〇月からだ。

卒寿を迎えて。姪の家族から送られたお花と。

一一日から一三日にかけては、じっくりとエッセイ同人誌の校正の仕事に没頭する。一四日にはこれを先生に送り、一五日に『山なみ』も校了にすると、一段落であった。

九月一六日には菅内閣

が発足し、平井卓也氏が入閣したことは、私にとってうれしいサプライズだった。氏は香川一区選出で、もう四四、五年昔になるが、高松第一高校時代に私が学級担任をしたことがある。二度目の入閣で、デジタル・IT政策担当とのことだ。

この日、先日配られた国勢調査の封筒を思い出す。一〇月一日現在といっても同じだから早速記入にかかる。〈住居の種類〉は老人ホームの場合〈その他〉であり、〈……一週間に仕事をしましたか〉の答えも〈少しも仕事をしなかった人〉に入る。収入を伴わない仕事は国勢調査では仕事と呼ばれない。

一九日の神戸でのエッセイ教室に向けて、二日間かけて私たち生徒のエッセイを再読する。また二二日の大阪での書道教室に向けては、やはり二日をかけて連落に漢字四行を七、八枚書いたのは、いつも通りだった。

そしていよいよ月末が近づいてきた。

二四日には前日刷り上がってきた『山なみ』が各戸に配付され、絵手紙誌上展については、「よかったですね」という声も聞かれてほっとする。

高松の友人Yさんからは、卒寿祝いに、スヌーピーカレンダーとスヌーピー手帳が送られてきた。姪の上の娘Tちゃんからは、バースデーケーキの代わりに、と、自分で焼いた焼き菓子の詰め合わせが届いた。姪からのメッセージも添えられている。――「コロナ禍でお目にかかれず残念でなりません。心ばかりのお花をお送りしました」と。私はもううれしくてたまらない。二六日に届いたそのお花は籠花で、短い方の一辺が五五センチもある直方体の箱に入って運ばれてきた。

カサブランカ、オリエントリリー、胡蝶蘭、カーネーション、薔薇、菊などが、こんもりと華やかに盛られている。――赤、ピンク、金色のリボンも添えられて。

あまりに大きく豪華なので、私はそれを玄関横の廊下に飾った。その日は廊下を通る職員や入居者の「わー、きれいねー」などとささやく声が、何度か聞かれた。

お礼状には、その籠花と一緒に写した私とスヌーピーたちの写真、それに『山なみ』も添えて送った。それを読んだTちゃんからまた電話があって、ひとしきり話が弾んだことであった。

（二〇二〇・一〇・一）

＊連落＝作品寸法 52.5 cm×136 cm

柚子湯

一二月二一日は冬至、冬至といえば柚子湯である。レインボーハイツでは今年はその前日の日曜が柚子湯の実施日だった。

それはいいのだが、その数日前から男性用浴場が故障で使えず、女性用浴場を、一〜五時の間は女性、六〜一〇時の間は男性が使用することになっていた。

真っ昼間の大浴場の柚子湯も乙なものと思い、その日私は一時過ぎに入りに行った。いい塩梅に先客は二人だけだった。広い浴槽には五、六個ずつ柚子を入れた網袋が、六つ七つ漂っている。香りを期待していたが、それはあまり感じられなかった。

実は三日先の二三日に園内で句会があり、出されている兼題が〈柚子湯〉なのだ。だからしっかり観察して、句の材料を持ち帰らなければならない。

ジャグジーで柚子の遊んでおりしこと

適当に想像してこんな句を先に作っていたのだが、実際の場面を見るとそうではなかった。柚子袋はジャグジーを避けて静かな湯のほうで屯《たむろ》している。ジャグジーの中に放り込んでも、そろりそろりと静かなほうに流れてゆく。そこでその中間ぐらいの所に身を沈めていると、ジャグジーから逃れてきた柚子袋が、そっと私に寄り添ってくれるのだった。

それにしても好天の真っ昼間に、窓からの自然光のなかでゆっくりと入る柚子湯の快適さには、格別なものがあった。

その翌日だったか、どこかの動物園でカピバラが気持ちよさそうに柚子湯に入っている様子をテレビで見て、つい笑ってしまった。

結局二三日の園内の句会に私が出したのは、次の三句である。

ジャグジーを追はれし柚子の添ひきたる

晩年とふ身にしみじみと柚子湯かな

カピバラの柚子湯につかる親父ぶり

レインボーハイツの句会は、平成二五年までの一四年間、『うぐいす』の同人鈴木寿美子さんを師に園内で開いてきた。しばらく中断していたが、その後入居された『早春』の同人中井明日美さんを先生に、園長の肝煎りで、つい先月再開されたのだ。

初回に集まったのは先生や私を含めて七名で、うち四名は全くの初心者だった。そこで歳時記の話から四方山話をし、二回目から句会の形式でやり始め、一二月二三日は第四回目であった。

この日は出席者五名、投句者一名で、集まった一八句のなかから各自五句ずつの選句となる。

情けないことに私の三句は、それぞれ一名が選んでくれただけだった。それどころか、「ジャグジーって何?」とか「晩年とふって何?」と聞かれる有様で、これでは選んでもらえないと思った。

その点では明日美先生はさすがで、誰にでもよくわかり、情緒豊かな素敵な句を披露してくれた。

一人にはおしき柚子湯を捨ておしむ

明日美さんは内湯で柚子湯を楽しまれたのだ。そしてこの句は満点句だった。初心者の方たちも、やがて俳句に慣れてくるだろうし、私の〈晩年とふ〉と〈カピバラの〉の句を選んでくれたのが明日美さんだったことを思うと、私もそんなに凹む必要はないのかも知れない。だから初心者におもねることなく、自分の句を作ってゆきたい。

令和二年が暮れようとしている。思えばコロナに翻弄された大変な一年であった。レストランでは、すでに一月九日までの献立が発表されている。

踊も宴もなかりし年の晦日蕎麦　　秀子

初句会は一月一三日、兼題は〈初詣〉だ。私は元旦に地元の伏見台八幡宮に出かける予定である。

（二〇二〇・一二・二八）

令和三年三月三日

一カ月に一度歯科医院に通っている。別に不具合がなくても歯の掃除・研磨のために行く。近所だし、予約制だから待たされないし、ちょっとした気分転換にもなるので一向に苦にならない。

今日の予約は三時半だ。三月三日の三時三〇分か。三三分になれば三が五つ並ぶな。いや待てよ、今年は令和三年ではないか。三が六つも並ぶぞ！　これは面白い。今日なじみの歯科衛生士にこのことを話してみよう。彼女は気付いているだろうか。

午後、ちょっと早めに歯科医院に着いた。待たされることなく、すぐに呼ばれる。歯の具合はどうかとの担当医の問いに、別に異常のないことを伝えると、いつもの歯科衛生士に促されて寝椅子に横になることになる。そこで、

「今日は令和三年三月三日で、もうちょっとしたら三時三三分。三が六つ並ぶわね」

と言ってみたけれど、私が期待したほどの反応はなかった。壁の時計は三時二七分を指している。

彼女はテキパキと私の歯のポケットを測りながら、

「二は三、三は三、四は二……」

などと読み上げている。次は歯石取りだ。

いつもと変わらぬその様子に、逆に私は老人ホーム暮らしの自分の感覚のズレを感じさせられた。それでも彼女は突然、

「楢崎さん、三三分になりましたよ」

と声をかけてきて、あの話はちゃんと受け止めていることを示すのだった。

歳のせいか、この頃何事につけても、よく昔のことを思い出す。例えば歯だ。

私は子どもの頃ひどい透き歯だった。歯の数はちゃんとあるのに、小さいから抜けているように見えるのが惨めだった。二本の健康な歯を額縁状に銀で囲み、間を細く銀で埋めるなどしてしのいだ時期もある。

社会人になってから、できるだけ矯正してから差し歯という技術で上中央の二本を大

きくし、矯正してできた広い隙間にはセラミックの歯を裏から左右と固定して、見られる歯並びとなった。

この長期間に及ぶ大工事を担当してくれた高松市のM歯科医には心から感謝している。

『八〇二〇』という言葉がある。八〇歳で二〇本以上自分の歯があれば良い、ということだ。私はいま『九〇二九』だ。二九は見かけの歯の数ではなく歯の根の数で、これは誇れる数値だと思っている。

「はい、終わりました。いまお薬をあちこちに差してありますから、二〇分ぐらいは飲んだり食べたりしないでください」

こうしてこの日の歯科医院行は終わり、帰園して一休みしてから、夕食前に風呂に入る。

「極楽、極楽！」とつぶやきたくなるような大浴場だ。

話は前後するが、今日は午前中にレインボーハイツの情報誌『山なみ』四月号の編集を終えてほっとしたのだった。そして午後は歯科医院と昼寝と入浴。さらに食堂の夕食は、楽しみな『雛祭り特別メニュー』になっている。

ロビーには今年も大きな木目込みの内裏雛が飾られている。その両脇には俳句の短冊が金屏風に立てかけてある。以前の『山なみ句会』の師・鈴木寿美子様と私の句だ。

時折は相抱かれよ内裏雛　　　寿美子

この国のおみなと生《あ》れて雛祭　　　秀子

気持ちの良いまずまずの令和三年三月三日であった。

（二〇二一・三・六）

骨折物語（一）

毎週日曜日にはレインボーハイツの中庭に四本旗を立て、七、八人でグラウンドゴルフを楽しんでいる。ギャラリーはいつもわが家のリボンちゃんたちスヌーピーで、今は二ラウンド終わっての中休みだ。

私はリボンたちを春の青空に放り上げて遊んでいた。みなキャッキャッと喜んでいると、手元が狂ってリボンちゃんは右後方に飛んで行き、キャッチしようとして自分もその方向に仰向けに転倒した。

すべてはそれが始まりであった。

右肩がひどく痛い。看護師さんに事情を話し、翌三月八日に提携のI病院の整形でみてもらうと右上腕骨近位端骨折であった。入院・手術はB病院でということになり、看護師さんが池田市に住む私の姪に連絡をとってくれた。

翌九日、B病院入口で心配して駆けつけた姪と会う。自分の母親の心配も抱えているうえに私の世話まで頼まなければならないことに心がうずくけれど、背に腹は代えられない。

それに、即入院のつもりで準備してきたのだが、色々と検査を受け、希望も聞かれた結果、入院は一四日の午後二時と決まる。

姪とはその日にまたここで会うのだ。

つらい日々が始まった。痛い右腕を三角巾で首からつるし、その上をバストバンドで固定して、歩いて食堂へも行き、フォークで左手で食べていた。歯磨きも左手だ。上半身は着換えもできない。

さらに入院前日の一三日には日帰りでコロナ関係の検査を受けに行かなければならない。さすがにこれは心細くてレインボーハイツの友人Oさんに同行してもらった。また入院前日の入浴はケアマネージャーの計らいで、介護フロアの機械浴を初めて利用させてもらった。このとき初めて自分の右肩から胸や手首に及ぶひどい内出血に驚いたのだった。

リボンちゃんが泣いている。この数日、私は自分の心配ばかりで、スヌーピーをかまうどころではなかった。そこで入院に先立ち、臨時の里親として彼らをOさんに預ける。


一四日午後二時、姪もやってきて、いよいよB病院A二〇六室に入院、ほっとした一瞬だった。これからはしばらく、あなた任せの生活でいいのだ。

「明日手術ですから今夜は眠れないかもしれませんね」

看護師さんはそう言ったけれど、私はその夜久しぶりに熟睡した。

翌一五日、しかるべき準備の後いよいよ手術室へ。

「おばさま、頑張ってね」——張りつめた姪の声。

若いハンサムな医師の執刀である。麻酔薬は点滴の管から入れるのだそうだ。

夢を見た。ちょうど鳶が輪を描くぐらいの速さでベッドが動きだしたのだ。大空を少し行っては止まり、向きを変えてはまた進む。私は『銀河鉄道の夜』を思い出していた。またトランプの独り遊びもやっていた。

「楢崎さーん」

耳元で声がする。約三時間の大手術が順調に終わったのだ。

長い廊下を病室に運ばれて戻りながら、神様が私に与えた試練の第一段階を、まずは順調に乗り切れたと感じていた。

それからしばらくどうしていたのか、あまり記憶がない。

「おばさま、時間が来たので帰ります」

姪の声に、「はーい、ありがとね」と答えてその日は終わったのだった。

（二〇二一・四・八）

骨折物語（二）

「手術を終えたおばさまを見たとき、わたし、泣きそうになったよ」

右上腕骨骨折手術の翌日、姪から私の携帯にかかってきた彼女の声が余りにも切羽詰まった感じだったので、こちらも目頭が熱くなった。こんなにも心配してくれている、と。

お陰で予後は順調で、点滴など受けながらも術後七日目に抜糸、八日目にはガーゼも外された。手術の翌日からのリハビリには驚いたが、それは内出血の血を心臓に戻すマッサージで、気持ちよかった。ただ右肩には常に痛みがあり、耐えられなくなると、とんぷく薬でしのいでいた。

部屋のテレビを見る。両国国技館で大相撲春場所が始まっていた。相撲は結構好きで、いつもはよく見るのだが、今回は違う。負けた力士の痛みが私の右肩の痛みに重なってくるのだ。体を資本にしている人の体の痛みはどんなにつらいことか。選抜高校野球を見るほうがまだいい。

手術後のレントゲン写真を見ると、熊手が肩から上腕にかけて張り付いているようで、ぎょっとする。チタンという金属だそうだ。

困ったのは、トイレ付きの個室なのに、そのトイレの部屋の段差が危険で使用禁止、廊下に出て共用トイレを使わなければならなかったこと。また入院患者の洗濯ぐらい病院でしてくれると思っていたのにそれができず、姪を煩わすことになってしまったことだ。

首から右腕をつるしていた三角巾が取れ、別棟のリハビリ室でのリハビリだけが仕事のような日々が続くと、そろそろ帰りたくなる。確かにリハビリ担当の女性作業療法士は上手で、ずっと世話になりたかったけれど、こんな日々に甘んじている自分が怖かった。

先に進まなければならない。

この春はとても暖かく、近畿地方の桜の開花宣言も次々と報じられていた。

そこで自分の希望を申し出ると、レインボーハイツ提携のI病院でこれからのリハビリを続けるという条件で、いよいよ三月二五日午後二時退院と決まった。私は桜咲くあのハイツの中庭を思い出していた。臨時里親のOさん宅で、リボンちゃんは機嫌よくしているだろうか。

二五日午後姪が来て何くれと手伝ってくれた。洗濯物と一緒に彼女が買って届けてくれた可愛い赤い小花模様のパジャマは、私の今後の生活で〈骨折記念パジャマ〉として愛用されることだろう。

入退院受付で支払いを済ませ、レインボーハイツからの迎えの車でやってきた看護師さんが連絡の書類を姪から受け継ぐと、いよいよ退院である。

「おかえり」の庭に桜の咲き満つる　秀子

こんな句が、スッと頭に浮かぶほど、レインボーハイツの玄関からロビーの向こうに見える中庭は美しかった。――ほんの一二日間の入院だったのだけれど。

Oさんがリボンたちを連れて早速会いに来てくれた。リボンちゃんは一瞬うれしそうに跳びついてきたが、その後どうも泣いているようなのだ。ぬいぐるみにも心はある。その白いうりざね顔に黒い毛糸で縫い取られた目が、濡れていた。

神様からの私への試練は第二段階が終わった。これからリハビリと並行して、日常生活のなかで行っていた様々な仕事（？）をどんな形で続けていくか、考えなければならない。書、随筆、俳句、コーラス、絵手紙、情報誌編集など。

（二〇一一・四・一四）

骨折物語（三）

《たこ焼き焼きまーす。ぜひお越しください。お待ちしてまーす！（五月一七日（月）一四：三〇～、A棟一階デイルームにて）》と書かれたメモと共に、たこ焼きパーティーに招待された。

私の右上腕骨骨折は、手術後二カ月が経ち、外見は完全に回復し、リハビリのおかげで腕の可動域もだいぶ広がってきた。しかし右肩の不快な痛みは常にあり、何となく体が不安定で、折からのコロナ禍も重なって、鬱々とした日々が続いている。

介護保険認定を申請すると、要支援一となった。入浴介助がありがたい。

レインボーハイツではA棟一階が介護フロアで、ここには数室の介護居室のほか、広いデイルームと介護浴室がある。

デイルームでは、A棟B棟の普通居室に入居後要介護になった人たちが昼間だけ通ってきて、一緒にここで過ごしている。本人たちも、世話をする介護師さんたちも、そのほうが好都合で、今回のたこ焼きパーティーのようなお楽しみ行事も時々開かれている。

今回私が初めてたこ焼きパーティーに誘われたのは、週二回の介護浴の順番待ちをデイルームでするので、仲間に入れてくれたらしい。

さて当日、二時半少し前にデイルームに行くと、いつもの要介護メンバーの他に、私のような臨時メンバーもかなり集まっていた。

「いらっしゃーい！」

と、元気な介護師さんたちに迎えられる。高齢者には耳の遠い人が多いので、どこの施設の介護師さんも声が大きいのだそうだ。

デイルーム入口の炊事場では、家庭用のたこ焼き器で一人がクルリクルリと手際よくたこ焼きを作っている。その内三個を小皿に取り、マヨネーズとソースをさっとかけて、お茶と一緒に進めてくれるのだった。「お代わりも自由でーす」と言って。

美味しく頂きながら、目では自然に、毎日このデイルームに通ってきて一日を過ごしている要介護の人たちを観察することになる。一五人ほども居ようか。三度の食事もここに配膳してもらうそうだ。何をしているかというと、何もせず、ただじっと腰掛けている。テレビもつけてあるが、誰も見ていない。

以前はデイルームの前の廊下からこのような人たちを見て、とても不思議に思っていた。たっぷり時間はあるのに、なぜ何もしないのだろうと。

歳を重ねて心身ともに衰え、何もできなくなるのはある程度当然と言えよう。しかしそれを見越して若い内に準備しておけばある程度それは防げる、というのも真実ではないか。

それはそれとして、九〇歳にして右上腕骨を骨折し、鬱々とした生活を送る自分の、これからの生活をあれこれ考える。

俳句とエッセイは何とか続けている。絵手紙はリハビリの日と重なって今のところ欠席中だが、好きだから止めるつもりはない。一番うれしいのは、情報誌『山なみ』の編集に若い女性園長が興味を示されて、徐々に引き継いでもらえそうなことだ。

三カ月間の休部届を出している猪名川混声合唱団に、六月から復帰するかどうかは考慮中、そして一番難しそうなのが書道で、右の二の腕に力が戻るのはいつになることか。

骨折からの復帰には月日がかかることは聞いている。焦らず、しかし諦めずに少しずつ前進しよう。

右肩が痛くてどうしても足の爪が切れず、看護師さんに頼んで二度も切ってもらっていたが、今日骨折後初めて自分でそれができて一歩前進である。

『百歳人生』の悔いのない晩年を過ごしたいものだ。

（二〇二一・五・二五）

骨折物語（四）

八月六日、とうとうリハビリ最後の日がやってきた。

三月七日に骨折、一五日に手術を受け、その後リハビリを続けてきた私の右上腕骨の回復は、結局ここまでであった。つまり右腕は、前からでも横からでも、精々上がるのは頭の少し上の高さまでなのだ。それ以上は痛くて上がらない。

手術を受けたB病院を退院後、提携のI病院で私のリハビリ担当になったT先生（理学療法士）は、中年の素敵な紳士で、さすがにプロだなぁと、私はとても喜んでいた。

リハビリ室のベッドに仰向けに寝ると、T先生は私の右肩の下に柔らかいクッションを宛てがう。手袋をした両手で私の右肩を様々に引っ張ったり、「痛いのはここですか」とか「ここにこう筋肉が走ってるから」などと言いながら、もんだりさすったりする。それが結構気持ちいいのだ。

こうして午前中に四、五〇分ほどリハビリを受けた日は、かなり疲れるから、午後は少し昼寝をする。しかし目覚めてふと右腕を動かすと、確かに前より動きやすくなっているのを感じていた。

I病院でのリハビリは、健康保険の関係で最初から八月六日までと決まっていたけれど、四、五月ごろは、この調子なら八月までに全快するだろうと思い、むしろ週二回のリハビリの日を楽しみにさえ思っていた。

そのうえ打ち続くコロナ禍のなかで、レインボーハイツでは、入居者及び職員への第一回ワクチン接種が園内で五月下旬に行われ、その三週間後に第二回が行われて、本当にありがたいことであった。

さてリハビリを続けるうちに、だんだんと骨折前にしていたことができるようになり、それはとてもうれしいことだった。

七月の大相撲名古屋場所では、私と同じ三月中旬に膝の手術を受けた横綱白鵬が、久しぶりに出場して全勝優勝した。これには大喜びしたものの、この頃から私の右腕全快は、どうも無理かもしれないと思うようになってきた。

いつの頃からか某医療大学の女子学生が二人、T先生の私へのリハビリの様子を見学に来るようになった。教員免許を取るときの教育実習のようなものであろう。しかし私の右腕に直接触れることはなく、ただじっと見ているだけで、やれやれであった。T先生は理学療法士としてI病院で指導的立場にある方と聞いている。

骨折というものは、部位にもよるけれど、経験者に聞いてみると、どうも完治は無理らしい。異物を入れて骨をつないでいるのだから無理もない、と思うようになった。こうなれば二者択一である。

つまり、別の病院なり鍼灸整骨院で根気よく治療を続けるか、またはこの状態で妥協して、できる範囲のことを精一杯しながら今後の人生を過ごすか。

七月二三日に東京オリンピックが始まった。私はテレビに釘付けである。元気な若者たち！　そんな中であの二者択一問題については、私は迷うことなく後者を選んでいた。百歳人生といってももう九〇なのだから。

これからは、何はともあれ転ばないように気をつけながら、色々とできる範囲のことを気持ちよく続けていきたいと思う。

私の大切なセラピー犬である縫いぐるみのリボンちゃんは、双子の兄のホックちゃんと一緒に、わが家と臨時里親のOさん宅を往き来しながら、機嫌よく過ごしている。

（二〇二一・八・一〇）

この月の月

九月二一日は、二〇一三年以来八年ぶりの本当の満月、と報じられていた。しかしその日、天気予報は午後から翌日にかけて曇で、何とも残念であった。

昔から私は人並み以上に月が好きだ。この日は昼間ちょっと仕事をして疲れたので早寝しようと思ったが、もしかしたら、と未練がましく寝る前に廊下に出て空を仰ぐ。まだ宵の九時半ごろだ。曇天の中の白んでいる所に見当をつけてしばらく見つめていると、薄雲が切れて、月の輪郭が見えるではないか！

あ、月が見える！　と息を呑む思いだった。

「こんばんわー」

と声がして、夜勤の警備員がやってきた。毎晩これぐらいの時刻に全館の見回りをしているのだ。

「満月が見えますよ。ほら、あそこに！」

思わず声をかけると、彼は私の指差す方を見上げ、ニコッとうなずいて行ってしまった。

今度の句会の兼題は『虫』だけれど、この満月を見つけた喜びは、何としても句に残さなければ！

〈月に群雲、花に風〉とはよく言ったもので、煙のような薄雲を次々とやり過ごす月の姿は本当に風情がある。ましてや、それが中秋の名月なのだから。

　　月月に月見る月は多けれど
　　　　月見る月はこの月の月

子どものころ母に教わったこの歌を思い出しながら、しばらくうっとりとこの月に見とれたことであった。

深夜に目を覚ます。いい塩梅に居間に月光が差し込んでいる。これを期待して、カーテンを開けたままにしておいたのだ。バルコニーから中天を仰ぐと、この度は全く〈隈無き〉月を望むことができた。

斜め眼下の日生中央駅も、その辺りのニュータウンも、今は静かで、虫の声だけがこの八階まで這い上がってくる。

こんな月の夜、よく思い出す光景がある。

もう一〇年以上昔の話だが、某旅行社のツアーで京都・大覚寺の〈観月の夕べ〉に行ったことがある。大覚寺は嵯峨天皇の元離宮で、そのすぐ東に大沢の池があり、ここは名月観賞池として有名だ。

色鮮やかな竜頭の木の手漕ぎ船に客を乗せて、夕方からしずしずと池を巡るのだが、私はそれを岸から眺める方のグループだった。不思議なことに、そのとき肝心の月が、どんな状態だったかは、どうも覚えていない。

それでも池に張り出した舞台には月への供え物があり、お花が活けられ、雅楽も聞こえて、優雅な雰囲気であった。

これは後で調べて知ったことだが、王朝時代には、天皇は最も上の位にあるので自らは上を見ず、観月は池に映ったものを見て楽しまれたのだとか……。

そんなわけで、前回の『月』が兼題だった句会にもその時のツアーを思い出して、こんな一句も出したのだった。

王朝の観月しのび大覚寺　　秀子

さて次の句会には、

虫すだく帰路まずまずの今日ひと日
コロナ禍の雨に虫の音遠慮がち

の二句と、夕べ見つけて感激して作ったこの月の句も出そうと思っている。

飽かず観る今宵雲間の望の月　　秀子

（二〇二一・九・二二）

老人ホームのメリークリスマス

去る一一月の末頃、C棟三階の図書室前のベンチに、痩せたぬいぐるみの白熊くんが、チョコンと寂しそうに座っていた。

ぬいぐるみ大好き人間の私は、この子が気になって仕方がない。C棟は私の住むA棟と、食堂や玄関のあるB棟を繋いでいるので、日に何度もこの前を通る。そこで、思いついてこの子にプレゼントするつもりで、わが家のスヌーピー・ホックちゃんの服を黙って着せておいた。

こんな所に白熊くんを置くのはTさんに違いないと私はにらんでいたのだが、この子に服を着せたのは私に違いないとTさんも見当をつけていたようで、後日それが正解だったと分かり、二人で大笑いをした。

一二月に入ると、やがて白熊くんはTさん宅に帰り、今度は木製のサンタさんがそこに置かれていた。まるで西郷さんのように、小さなぬいぐるみの犬を連れている。そこで私は、この犬と同じぐらいの大きさの洗い熊《ラクーン》とあざらし《シール》のぬいぐるみを寄り添わせておいた。クンちゃんと、シールくんだ。

三匹の動物を従えたサンタさんは、なかなか様になっている。面白いことに、時々その動物たちは姿勢を変えて、サンタさんにすがりついたり、サンタさんの護衛のように正面を向いたりしている。通りがかりの人の仕業なのだ。

「時々、これ、動いてますね」

と、声を掛けてくるお爺さんもいる。

ロビーには例年どおりクリスマスツリーが飾られ、中庭にはイルミネーションが輝き始めたが、クリスマスパーティーはコロナ自粛で昨年同様中止となった。

わが家の大きい方のスヌーピー・ボタンちゃんは、それでも張り切って赤い大好きなサンタ服を着て、ロビーのピアノの上に座って愛嬌を振りまいている。

今年のクリスマスで特筆したいのは、イブの日に、全入居者の郵便受けに配られたモンブランのようなケーキのことである。

「ケーキを郵便受けに？」といぶかって、よく見ると、白い部分は生クリームではないらしい。最初発泡スチロールかと思ったが、それは白い小さなタオルを丸めたもので、てっぺんには苺とチョコレートのフェイクが乗っている。

「あら、面白いわねぇ」

「でも、ちょっと、うれしいじゃない？」

そしてそのケーキには、こう書かれたカードが添えられていた。

〈 メリークリスマス！

来年こそは、皆様と楽しいイベントを開催していきたいと、職員一同祈っています。良いお年をお迎えください！

レインボーハイツ職員一同〉

生クリームに化けていた縞模様の白い小さなハンドタオルは、柔らかで、使い心地がとてもいい。
二五日の夕食には、デザートに可愛らしい本物のケーキがついていたが、結局それだけの、静かな老人ホームのクリスマスであった。その晩、ロビーのピアノの上で頑張っていたサンタ服のボタンちゃんを引き取り、数日間の苦労をねぎらってやった。ところが私としたことが、C棟三階廊下のことを忘れていて、二六日の朝行ってみると、サンタさんと犬はもうお帰りで、わが家のクンちゃんとシールくんだけが、淋しく私の迎えを待っていた。ゴメン、ゴメン！

さぁ、今度はホックちゃんの双子の妹リボンちゃんが、振袖を着てお正月の受付カウンターに座る番だ。
令和四年こそ、佳い年でありますように！

（二〇二一・一二・二九）

企業理念を書く

去る三月下旬のある日、園長から企業理念を大きく筆書きしてくれないかと打診を受けた。Ａ３判の二倍ぐらいの大きさの紙に、と言う。

昨年三月の右上腕骨骨折以来、書道から遠ざかっていた私だが、そろそろ又始めようと思っていた矢先でもあり、こうして当てにされるのはうれしいことなので、すぐに引き受けてしまった。

後日手渡された文面は次の通りである。

『健康・生きがい・安心・快適・思いやりのある居住空間』を提供し、家庭的で温かいホームを目指します。

ちなみにレインボーハイツには『其の人の身になって常に優しく労わりの心で接しよう』という園訓がある。更にスローガンは『豊かな心に優しい笑顔、愛ある言葉で明るい職場をつくりましょう』というもので、この両方を毎朝事務室の職員朝礼では唱和している。この言葉が悪いわけではないが、今回頼まれた企業理念の言葉は具体的で、入居を考えている人にも、職員に対しても、力があるように思う。

三〇余年前、有料老人ホームへの入居を考え始めた頃のことが思い出される。

四〇歳代で寡婦となり子どものいない私としては、大阪府池田市に住む兄の家族を精神的な拠り所にしていた。だから近畿地方の、その家からあまり遠くない所で手頃な有料老人ホームを探そうと思った。当時は高松市に住んでいたが、大阪の御堂会館で開かれた全国有料老人ホームの説明会にも足を運んでパンフレットを集め、そのうち四つのホームを見学した。

その中からレインボーハイツを選んだ理由は、鉄道の駅が近く都会に出るのに便利なうえ、周囲にはたっぷり自然が残っていること、施設の規模が中ぐらいであること、病院とも連携していること、などだった。しかし「シルバーエイジの自立を目指す」という創設者*のモットーが自分に合っていると感じたから、というのも、大きな理由であった。

「精神的、肉体的に自立すること。老後を充実したものにするためには、この自立こそが大切です。自分の人生は、自分の手で切り開き、築きあげていくからこそ、素晴らしいもの。いまこそシルバーエイジ自立の時代です」と記されたハイツ創設者の言葉に、当時私はずいぶん感動して入居を決めたのだった。

言葉の持つ力は本当に大きい。そして入居を後悔したことは一度もない。

それはさておき、いよいよ企業理念を少し厚手の模造紙に書かなければならない。

まず紙を四四×六二cmの大きさに切り、四枚準備する。文字の配置は縦四行書きと決める。個々の字は、もちろん、別の紙に何度か練習する。

それから二時間共用室を借りてその企業理念を四枚清書し、内二枚を園長にお渡しした。

園長はとても喜んでくれ、こちらも何か大仕事をしたような気分になって幸せだった。

四月に入った。

通りがかりにロビーから事務室を覗くと、額に入ったあの企業理念が壁に掛けられている。ちょっとおもはゆくもあったが、やはりうれしかった。

そこで、そっと一人の女子職員を呼んで聞いてみると、

「今朝は新しいほうの、あの額の言葉を唱和しました」

と、にこにこ顔で答えてくれた。

又いい方が入居され、お互いに気持ちの良い老後を送りたいものである。

（二〇二二・四・五）

＊創設者＝故・生駒一正氏

全国高校野球選手権に思う

コロナ自粛で自室に籠ることが多いから、テレビを観る時間が長くなった。スポーツ、ノンフィクション、自然に関係した番組が好みだが、スポーツの世界でもコロナの影響が色濃く出ている。

八月六日には全国高校野球選手権大会が甲子園球場で開幕した。昔、高校教師をしていたので、この種の行事には関心があるほうだが、開会式の選手入場の場面には心が痛んだ。

せっかく三年ぶりに観客を迎えての開会式なのに、コロナ感染者が出たとして六校が欠席、参加できたのは、その他の高校の主将だけだった。前日の予行演習では全員が参加して元気に行進するのをチラッと見ていただけに、コロナ感染拡大防止のためとは言え、彼らの気持ちを思うと何ともやるせなかった。彼らは一生その無念さを忘れないだろう。

結局は知った名並ぶ甲子園　　片柳雅博

という川柳が八月二日の朝日新聞に出ていたが、連続して出場する学校は少ないし、高校生は入れ替わるのだから、やはりその都度選手には良い思いをさせてあげたい。

初日の第三試合は京都国際×一関学院だった。自然に近畿勢を応援していたから、劣勢だった京都が九回に追いついたときは大喜びした。しかし延長一一回で敗れ、まことに残念！

これは八月六日の私の感想なのだが、七日になって新聞をじっくり読むと、微妙に考えが変わってきた。

京都国際はコロナ集団感染のため今春の選抜を直前で辞退している。その無念さを乗り越えて夏の甲子園出場を果たしたのだ。試合後主将のT君は泣き崩れる部員たちを笑顔で慰めたという。「甲子園という舞台で終われたのは、うれしいことだ」と言って。

どのチームにもこんなエピソードはあることだろう。勝ち負けだけが問題ではない。

こうして彼らは切磋琢磨し合って成長してゆく。

五〇年前の夏を思い出す。いや、驚いたことに今年はあれからちょうど五〇年目に当たるのだ。——昭和四七（一九七二）年夏、私の勤務する高松第一高校が香川県代表として夏の甲子園出場を決めた。その年私は三年の文Ⅰコース（私立文科系大学進学コース）の学級担任をしていて、クラスには野球部員が四名いた。野球部の放課後の部活動の時間は極端に長いから、一般教科の家庭学習の時間が取れないという彼らの悩みを、担任としてどうすることもできなかったのを思い出す。

高松一高の甲子園出場はこのとき春夏通算して四回目だったが、戦績はかなりのもので、ベストエイトまで勝ち進んだ。まだ瀬戸大橋もかかっていない時代で、第一試合に当たっているときなど応援団は前日の午後から一〇数台のバスを仕立ててフェリーで本州に渡ったものだ。私も一度、生徒と一緒にこの応援団に参加した。あのとき使った校章・校名入りの青い応援団扇《うちわ》は、今も記念に置いてある。

さて、八月九日の第四試合でいよいよ兵庫県代表の社《やしろ》高校が登場した。相手は県立岐阜商業だ。結果は一〇対一で社が大勝した。しかし県岐阜商はコロナ感染で開会式を欠席した学校で、この日は登録していた一八名の選手の内一〇名を入れ替えて試合に臨んだのだった。一、二年生が多かったのもそのためだ。

そんな事情を会場の観客も知っているから、懸命にプレイする県岐阜商への拍手は大きかったし、それはうれしいことだった。一方、甲子園までやってきて試合に出られなかった選手たちは、どんな思いでこの対戦を見ただろうか。

百歳人生の時代と言われる。若い彼らの前途は洋々たるものがある。今回の勝者も敗者もこれを青春の一ページとして消化し成長していって欲しいと思う。

（二〇二一・八・一〇）

盆踊り

令和二年、三年の夏の盆踊りは、レインボーハイツでもコロナ自粛で中止だった。しかし今年はやるという。けれども以前のように外部から民踊の踊りの先生は招かず、あくまで職員と入居者だけの手作り盆踊りだという。

それでうまくいくかどうか？　園長もそれを心配して、日本舞踊を趣味で長くやっている入居者のTさんに相談したらしい。

ある日のことTさんから私を含む三人宛てにメモが届き、盆踊りにつき園長から「よろしく」と頼まれたが、前もって色々相談したいから集まって欲しい、とのことであった。民謡は炭坑節、河内おとこ節、東京音頭、花笠音頭、ドンパン節を用意していると言う。

これは面白いことになってきた、とは思うものの、私が踊り方を知っているのは炭坑節だけである。日本舞踊の名手とは言え、民謡の踊り方もTさんはよくご存じなのだろうか？

本番の五日前にTさんの指定する共用室に四人が集まった。何はともあれ盆踊りのことでこうして集まって相談するのは楽しいことなのだが、踊り方は皆よく知らないのだ。Tさんは片手に持ったスマホを見ながら教えてくれるが、年寄りの悲しさで、そんなに簡単には覚えられない。

本番の二日前に、私はスマホは持っていないが、パソコンで民謡の踊り方が覚えられるのではないかと気が付き、それぞれの踊り方を検索して、自室でうろうろ動き回りながら、ようやくドンパン節と東京音頭を覚えることができたのだった。

九月七日午後五時半、好天にも恵まれ、いよいよその時が来た。中庭の芝生の中央には櫓が立ち、その上部から四方に提灯の綱が伸びている。職員も浴衣や法被姿で、盛んに参加を呼び掛ける。

櫓を遠巻きにぐるりと見物席も用意され、輪投げなどのゲームの準備もできている。

園長挨拶の後、いよいよ踊りが始まった。私は以前合唱団で揃えたオレンジ色の法被を着て、ホックちゃんを帯に手挟んでいる。この子たちの里親のOさんも法被姿で、リボンちゃんを連れている。

音楽に合わせて炭坑節は楽しく踊ることができた。歌詞は別として、踊り方は「掘って掘って、また掘って、担いで担いで、後もどり、押して押して、開いて、チョチョン・が・チョン」と覚えるのだと、昔母に教わった通りである。

ドンパン節には困った。パソコンで正しく覚えたつもりだったが、Tさんの手と違うところがあって、リズムが合わない。同じ民謡にも違う踊り方があるくらいだから、やはり五日前に四人で打ち合わせをする前に覚えて、どうするか決めておくべきだったと痛感した。大抵の人はTさんの方ばかり見て、その手を真似ているか、ただぶらぶら歩いているだけのような人もいて、私はみじめだった。それで楽しければ、まあ、いいけれど……。

東京音頭はまずまずだったが、河内おとこ節や花笠音頭は難しくて、私は敬遠して踊らなかった。でもコロナ自粛で来年も職員と入居者だけの盆踊りになるようなら、パソコンで予習しようかと考えたりもしている。

それから、ちょっと手花火などして閉会となったが、以前のレインボーハイツの賑やかな盆踊り大会を知らない新しい入居者の方々は、かなり喜んでおられたし、職員の誠意が感じられて、本当によかった。

晩に久しぶりに脚がつって痛んで困った。たいして踊らなかったつもりでも、踊っていたらしい。

残り少ない人生の限られたエネルギーを、上手に小出しにしながら生きなければ、と反省している。

（二〇二一・九・二二）

虹のコンサート

コロナ自粛で二年間中止していたレインボーハイツの『虹のコンサート』が、今年は師走の六日に開催されることになった。聴衆は必ずマスク着用だが、歌う側の私たちは歌うときにはマスクなしでよいとまで許されて。

コーラス部員一一名は全員女性、先生も六十路がらみの女性で、飛びきり熱心にご指導くださる。

一年以上かけて練習してきた歌は、「瑠璃色の地球」「チムチムチェリー」「サンライズサンセット」「小さな木の実」「ドナドナ」「芭蕉布」等々。他にミュージックベルの演奏があり、これがかなりの鬼門であった。

服装は、黒のスカート又はズボンに、上着の色は自由だが、コサージュなどの装身具もつけ、しっかりお化粧もするよう指示された。新しい部員がこの一日のためにコサージュを買いにゆくのも大変なので、私は外の合唱団に属していた頃一緒に揃えたコサージュなどを貸し出すと、六人もの方が借りてくれた。

一二月六日、午後一時半、いよいよ本番だ。グランドピアノのあるロビーには、配置よく長テーブルが計四卓と、椅子が一一用意され、それぞれ担当のベルと楽譜を持った私たちが指定の席につく。向かい合った反対側の客席はほとんど満席のようだ。

園長挨拶に引き続き、まず「レインボーハイツの歌」を合唱しながら、私は幸せを感じていた。ああ、ここまで漕ぎつけた、今日は思い切り頑張ろう、と。

それにしても先生のエネルギーはすごい。ピアノを弾きながら私たちに合図をしたり、一曲終わるごとに次の曲の説明や、それにまつわる話をしながら会を進めてゆくのだ。私森山直太朗作詞の「さくら」はいかにも高校三年生の仲間の別れの気持ちのようで、私も昔学級担任をした誰彼を思い出しながら歌った。

ところで私は大失敗をしてしまった。先生がある歌の説明をしている真っ最中に、机上のベルにふと手が触れて、床に落としてしまったのだ。ガチャーン！　ひどい音がして本当に申し訳なかった。

それでもコンサートは順調に進み、「スーパーカリフラジリスティックエクスピアリドーシャス」という難しい歌の後には、特に大きな拍手をもらった。

鬼門だったミュージックベルは「北の国から～遙かなる大地より～」という曲だったが、何とか大過なく乗り切ることができた。私の担当はファ（F）と上のレ（D）だった。

先生は声楽がご専門で、いつもコンサートでは一曲歌ってくださる。今回は「椿姫」から「乾杯の歌」をイタリア語で歌ってくださった。近くで聴くその声と声量は素晴らしく、私たちの虹のコンサートをいやが上にも盛り上げてくれた。

私はほとんど全部の曲でアルトを担当したが、「芭蕉布」のアルトの旋律をメロディーに合わせるときには、正に至福感を味わった。

こうして、まずは成功裏に虹のコンサートを終え、控室で反省会を兼ねた茶話会の後、その日は別れたのだが、後日談がある。

貸し出したコサージュの一つが戻ってこない。お部屋まで催促にゆくと、「あら、お返ししなかったかしら？」という有様。悲しい年寄りの健忘症である。しかし私もコンサート中にベルを落としたり、ＩＣレコーダーでコンサートを録音するのを忘れるという年寄りらしい失敗をしている。幸いＦさんが録音していて、後で聴かせてもらって本当に良かった。さらにうれしかったのは写真マニアの男性のＡさんが、私たちの歌っている写真を沢山写して、みんなにくださったことである。

行方不明のコサージュも三日後には戻ってきて、いま私は「終わり良ければ総て良し」とばかり、幸せな気分に浸っている。

（二〇二二・一二・一〇）

桜とＷＢＣとスヌーピー

三月二〇日、レインボーハイツの桜の開花宣言があった。待ちかねた陽春の到来だ。

一方、今年のＷＢＣでは日本が一次ラウンドで既に四カ国に勝利し、三月一六日には準々決勝でイタリアを降している。次は二一日八時からマイアミで開かれる準決勝・対メキシコ戦である。

それまで日本の全ての対戦をわくわくしながらテレビ観戦してきた私だが、二一日は第三火曜日でコーラスの練習日に当たっている。これはどうしてもさぼれないから出席して、昼近くにどこからともなく「日本が勝った」という声を聞き、テレビで確認して、あのドラマチックな逆転勝利を知ったのだった。

逆転勝利の侍ジャパン山笑ふ　　秀子

翌二二日は米国との決勝戦なのに、これがまた何と残念なことにハイツの句会と重なっている。しかし野球のほうは再放映があることを見越してまじめに句会に出席すると、それだけに、とてもうれしいことがあった。

車座に犬も加わる花の下　　よしろう

という句に出会ったのだ。私は大阪城公園のお花見風景を思い描いて選に頂いたのだったが、作者によると、これはレインボーハイツの中庭のベンチにスヌーピーたちを座らせて、グラウンドゴルフを楽しんでいるOさんや私の姿から発想を飛ばしたというのだ。何ともうれしい話である。ぜひスヌーピーにも話してやらなくては……。

二〇日に開花宣言のあった桜も、もう五分咲きに近い。

スヌーピーと言えば、私は前回の句会で、

啓蟄《けいちつ》の陽に晒しやるぬいぐるみ　　秀子

という句を作って出したのだったが、選には入ったものの当のスヌーピーにはあまり喜ばれなかった。

今日の句会で披露された主宰の句は、

純白の風の囁き雪柳　　明日美

音かすか蜆のにじり真夜にあり　　〃

などで、いつもながら感銘を受けた。

句会のことはさて置き、ＷＢＣの話である。日本中の人が待ち望んでいるからと、句会は早めに切り上げられ、私はテレビにかじりついた。そしてみんなが知っているあの九回裏、２アウトの後、相手の名選手から空振り三振を奪って勝利した、我らがヒーローの姿があった。

歓喜の爆発である。七戦全勝で優勝するとは誰が予想していただろう。しかし解説を聞き、後日新聞を読むと、投手のうまい交代など監督の優れた采配が大きく物を言ったようで、なるほどと頭が下がる思いである。

優勝戦を一緒に見ていたスヌーピーも、もちろん喜んだけれど、あの晩『車座に犬も加わる花の下』という俳句の意味を丁寧に説明してやると、更に大喜びであった。

三月二五日、レインボーハイツの中庭の一〇本余りのソメイヨシノはもう満開に近い。その根方には照明機具が取り付けられ、昨夜も静かにライトアップされていた。この季節にＷＢＣでは日本が優勝し、スヌーピーや私も含めてみんな大喜びである。

今年は桜とＷＢＣとスヌーピーをどうしても切り離すことができず、何ともまとまりのない文になってしまった。

中庭ではソメイヨシノに次いで、枝垂れ桜が、そして最後に八重桜が咲く予定である。

（二〇二三・三・二五）

ドナドナを歌う

もうかれこれ五〇年も昔の話になる。高松市の高校の英語教師をしていた私は、ある夏休み、東京の九段会館で開かれた英語教師の研修会に参加した。財団法人英語教育協議会（ELEC）の主催する二週間に及ぶ大研修会で、全国から大勢の英語教師が参加した。

英語の授業のための勉強も色々したけれど、今となっては、あの夏休みの日々に覚えた英語の歌の数々が貴重な私の財産になっている。英語教師のなかにも音楽の得意な先生がいて、昼休みになるとELEC発行の英語の歌の本で次々と新しい歌を教えてくれ、みんなで大合唱をしたものだ。DONNA DONNA*もそのうちの一つである。

さてレインボーハイツでは、毎年七月に開園記念のオープン祭が開かれる。コロナ禍の前までは地元の音楽愛好家によるジャズコンサートと入居者のカラオケ大会が定番の行事だったが、令和二年と三年はコロナ自粛で中止。昨年はピアノの自動演奏とスライド上映会という形で開かれたのだったが、今年はいよいよカラオケ大会が復活することになった。

七月一日のオープン祭に向けて、カラオケサークルの人たちは張り切ってそれぞれ準備していたらしい。そしてある日私も「三人ほど〈飛び入り〉の時間を作るから歌いませんか」と誘われた。

このところ私は体がとても重く、何をするにも能率が上がらない。これが加齢というものか、と思い、更に来年のオープン祭には私はもう居ないかも知れない、と思うと、すぐに大好きなあの歌を歌うことにきめた。DONNA DONNA である。

待ちかねたその日、私は例によってスヌーピーを連れ、ロビーの客席最前列に陣取る。園長挨拶、乾杯、レインボーハイツの歌斉唱の後いよいよカラオケ大会が始まった。

カラオケ大会とは言え、今回は一人ずつの歌だけでなく、詩吟あり、ピアノ独奏あり、その伴奏での合唱あり、ハーモニカ演奏あり、男女のデュエットあり、更に着物姿の事業部長を含む男女五人の職員がマツケンサンバを踊ってくれて、本当に楽しい大会になった。

一人で歌うカラオケとしては、九九歳のTさんの歌は地味ながら音程は正確そのもので感動した。他にも私より年上の人が上手《うま》く歌っていて「好きこそ物の上手」を実感した。

選ばれた曲目としては、襟裳岬、青葉城恋唄、帰って来いよ、北の旅人、学生時代、白い花の咲く頃、ふたりの大阪、などがある。

さて私のDONNA DONNAだが、終盤に近く飛び入りで指名されて前に立つまでは良かったが、ちょっと困ったことが起きた。画面の歌詞の歌う速度を示す色の変化が速すぎるのである。画面を見ながらの練習を一度もしなかったことを後悔したが、もう遅い。

しかし好きな歌だけに歌詞は全部覚えているから、少し遅れながらも自分のペースで三番まで歌いきることができた。そしてそれなりの拍手も頂いて、本当にホッとした。

来年はもう居ないかもしれないのだから、とまで考えて歌ったのだったが、終わってみると、いい気なもので、また少し元気が出てきたような気がする。

皆さん、楽しいオープン祭を、本当にありがとう！

（二〇二三・七・六）

＊ DONNA DONNA

On a wagon bound for market
There's a calf with a mournful eye.
High above him there's a swallow
Winging swiftly through the sky.
How the winds are laughing.
They laugh with all their might.
Laugh and laugh the whole day through
And half the summer's night.
Donna Donna Donna

（以下略）

終《つい》の棲家

五年ぐらい前の陽春のある日のこと、ロビーから中庭を眺めていて、私は言い知れぬ感慨に浸されたことがある。

奥様を乗せた車椅子をご主人が押しながら、お二人は本当に満足そうに咲きそろった桜や花壇の花々を見て回っているのだが、その風情が私には絵のように美しく感じられたのだ。

その後やがて奥様は他界されたが、ご主人にお悔やみを述べると「かわいそうなことをしました」と、しみじみとおっしゃるので、私はまた感動した。

ところでレインボーハイツの女性一人入居者は男性一人入居者の約四倍の数にのぼるけれど、それは平均寿命から考えて、どこの老人ホームでも大体同じらしい。それならホームの食堂利用率もそうかというと、これがまるで逆なのである。これは何を意味するか？

人が生きていくうえで必要不可欠な炊事を含む家事労働は、老齢になると毎日のことなのでかなりきついものだろう。それを担っているのは多くの場合女性なので、夫たるものはそれを理解して、退職後は夫婦共にくつろげる老人ホームのような所に居場所を求めるのが賢明な生き方だと思う。

しかし若いころ一緒に相談して建てたわが家であればなかなか動く気になれないし、それぞれの事情もあるだろう。そして結局連れ合いに先立たれ、一人になって初めて老人ホームを考えるというケースが多いのではなかろうか。

だから平均寿命から考えて入居者に女性が多いのは当然だが、食堂利用者に男性が多いのは、若いころ家事労働を妻任せにしていたためと考えられる。女性は自分一人のための家事ぐらい楽にこなせる人が多いということである。有料老人ホームの居室には普通のマンション同様に台所、内風呂、トイレ、バルコニーと、すべて備わっているのだから。

さてここで、また冒頭で触れたご夫婦のことを思うのだが、あの満ち足りた表情は、

『ああ、ここに入って本当に良かった』を意味するのではなかろうか。確か入居まもないご夫婦だったから、『なぜ、もっと早く入らなかったのか！』というお気持ちだったかも、と勝手に想像している。

つまり私が言いたいのは、『有料老人ホームという所は、よれよれになってから入る所ではなく、ある程度元気なうちに、ホテル感覚で、(できればそれなりの目標を持って) 入る所だ』ということである。

それなら自分はどうなんだ、と言われそうだが、私の場合は四〇歳代前半に寡婦となり、教師をしていたのでその仕事をそのまま続け、定年近くなってから、兄家族の住む家から適度な距離のここ猪名川町のレインボーハイツに入居したのだった。恥ずかしながら私は家事は苦手で食事もほとんど食堂を利用している。その代わりその時間を自分のしたいこと、しなければならないことに当てることができる。しかし退屈をかこつ人もいるので、入居者のためにホームが考えて、或いは入居者自身が企画して、色々な行事に誘われるけれど、気軽にそれに乗って大切な自分の時間をつぶされないようにほどほどに注意している。

話がそれてしまった。

先日エレベーターで、部長の案内する施設見学者と思われるいい感じのご夫婦に出会った。私が乗り込むと、部長が私より先に私の行先ボタンの⑧を押してくれたのに気をよくして、つい、こんなことをしゃべってしまった。

「見学の方ですか？　ここはいいですよ。私、ここ、長いんですけど、後悔したことは一度もありません」

部長も見学者もにこにこしていた。この施設を終《つい》の棲家と決めた者として、ここを少しでも素敵な所にしたい一心なのである。


（二〇二三・一一・四）

一番・大吉の初みくじ

おせち料理を機嫌よく頂き、午後一時にロビー集合、ハイツの小型バスで氏神である伏見台八幡宮に向かう。令和六年元旦の初詣だ。「お天気でよかったわね」と聞こえてくる声も、心なしか華やいでいる。

八幡さんは程々の賑わいで、近くの路傍でバスが待っている間に、まずは手水の後、ウクライナ・ロシア戦の終結を祈って手を合わせる。それから例年通りおみくじを引く。

これが何と、第一番・大吉なのであった。大吉はともかくとして、一月一日に一番みくじを引いたとは！　運勢もほとんど良いことづくめである。今年は何かいい事があるかも！

帰って四時半頃部屋で年賀はがきを見ながら、ふとテレビをつけてみて驚いた。能登半島の地震・津波である。一瞬何かの訓練かと思ったが、然《さ》にあらず、しかも大規模な自然災害である。呆気にとられてしばらくはテレビにくぎ付けだったが、やがて以前属していた合唱団リバーコールからの旅行で輪島の加賀屋に一泊したことを思い出す。大学ノートに一日一行のメモ日記を繰って調べてみると、それは平成二〇年一月二三日のことだった。そして二四日のところには『輪島朝市 etc.（吹雪となる！）』と書いてある。

そうだった。残念ながらあの日はあいにくの吹雪で、朝市に出ているお店は少なかった。けれども私はどうしても洒落た輪島塗のブローチが欲しくて、輪島塗の専門店で品定めの末、一個買い求めたのだった。縦の楕円形で朱色の地に濃淡のある金の木の葉が数枚描かれている。輪島塗のブローチは軽くて具合がいいのだ。

今日はもう一月四日だが、二日には羽田空港で日本航空の旅客機と海上保安庁の航空機の衝突事故があり、本当に何というお正月かと気が滅入ってしまう。（航空機事故のほうは、旅客機乗客全員が脱出に成功したことが、せめてもの救いだったが。）

ところで私は、能登半島地震のあちこちの避難所の様子を見るにつけ、お年寄りの姿がとても気になる。人は皆その年齢を初めて経験するのだから、個人差はあるにせよ、その人でなければ分からない苦しみがあるはずだ。

あの人はあんな歩き方をしているけど、よく此処まで避難して来られたなぁ、誰かが助けてくれたのかなぁ、などと思ってしまう。

以前レインボーハイツに「死にたい、死にたい」と言って周囲を困らせる人がいた。こんなに恵まれた環境にあっても、それがその時のその人の気持ちだったのかと心が痛む。

今回の能登では「もう死んでもいいから避難はしない」と駄々をこねるお年寄りはいなかっただろうか。

不謹慎な自己中心的なことを書いてしまった。人は、本当はいつまでも生きたいのだ。それぞれの年齢に応じた未来を、納得しながら生きてゆきたいのだ。

今朝（一月四日）の新聞に『能登地震死者七三人に』とある。安否不明者はそれをはるかに上回る。三日の天声人語は次の言葉で結ばれていた。

「災害はいつ起きてもおかしくないのはわかっている。それでも『正月になぜ』と思わずにはいられない」

そして私は更に次の言葉を付け加えたい。

「しかも一番・大吉の初みくじを引いた日に」

（二〇二四・一・四）

Ⅲ　苦しく楽しい趣味の話

宇宙飛行士スヌーピー

タブロイド判の英字新聞朝日ウイークリーを購読している。

いつもその扉には、陸上・日本選手権の男子一〇〇メートルで一〇秒〇二だったサニブラウン・ハキームとか、テニス全仏オープンで優勝したナダルのような、その週に話題になった人物の写真が大きく掲載される。

ところが去る六月三〇日号では、宇宙飛行士姿のスヌーピーが扉を飾っていて驚いたものだ。もちろんシュルツの筆である。

〈ピーナッツの仲間たちがアポロ一〇号の宇宙計画で月へと飛び出してから今年で五〇周年。今週は宇宙空間でもスターだったスヌーピーたちの特集号です〉とのこと。

なるほど、あれからもう五〇年か。重そうな宇宙服に身を固めた飛行士が軽く跳ぶような足取りで初めて月面を歩く姿を放映するテレビ画面にはくぎ付けになったものだ。それとスヌーピーとはどんな関係があるのか？　いや、五〇年前には私はどんな生活をしていたのだろう。わが家にぬいぐるみのスヌーピーはいたのか、まだいなかったのか？

気になり始めると、どうにも落ち着かないので、日記その他の資料を出して調べてみる。私は三〇歳を過ぎてから教職につき、二年目には転勤したから、アポロが月に着陸した一九六九年には新しい高校に勤め始めてまだ六年目であった。夫はうつ病で、躁《そう》と鬱《うつ》を繰り返し、欠勤も多く本人も私もつらい日々が続いていた。ぬいぐるみのスヌーピーはまだいなかったようだ。

アポロ計画とスヌーピーとの関係は、今回このウイークリーを読んで私は初めて知ったのだった。つまり宇宙飛行士が月に着陸したのはアポロ一一号であって、それに先立ち、一〇号が月に近付いて次に来る一一号の着陸地を探した。その一〇号の司令・機械船の愛称が〈チャーリー・ブラウン〉、それから発射された月着陸船の名が〈スヌーピー〉で、月面に接近したというわけだ。

Tさん宅から、大・中・小３匹のスヌーピーが遊びに来て、うちの子たちと記念撮影。

来たる七月一七日には〈朝日ウイークリーを読む会〉の仲間がやってくるが、私は次の二つの特別記事のうちでは、Bの方を精読するつもりでみんなに連絡した。

A　NASAとピーナッツの五〇年の歴史

B　シュルツ夫人が語るピーナッツが愛され続けている理由

私がBを選んだわけは、夫と共に苦しんだ五〇年前の頃の日記を読んだせいと思われる。温かいシュルツ夫妻の雰囲気にたっぷり浸りたいのだ。いま彼女は米カリフォルニア州にあるシュルツ美術館の理事長をしている。

ピーナッツとNASAは二〇一八年に新しい条約を締結して、素敵な子ども向けのプログラムに取り組んでいるという。ピーナッツのキャラクターを使って宇宙探査なども含む理数系への情熱をかき立てるような教材作りだそうだ。

宇宙飛行士スヌーピーは、今後ますます活躍することになるだろう。

ちなみにわが家に最初のぬいぐるみのスヌーピーがやってきたのは、アポロ月着陸の三年後であった。

こちらも私との共存関係が、やがて五〇周年を迎える。

（二〇一九・七・一三）

野分前

今年の年一回の上京日は八月一三日だった。一四日から始まる自分の出品した日本書道協会の総合書道展を観るためである。

審査結果は昨年と同じ特選で、その上の賞が取れなかったことは分かっている。それでも東京の旧友に会いたかった。

大型台風一〇号が南から近づいていた。もし新幹線が止まったら、年寄りの一人旅は大変なことになる。どれほど迷ったことだろう。それでも台風が近畿地方に最も近づくのは一五日との予報に力を得て、この一泊二日の旅に出発したのだった。

東京は大阪ほど暑くなく、いつもの御茶ノ水のホテルでは、ゆっくり高校野球のテレビ観戦を楽しむことができた。リュックに入れて連れてきたスヌーピーのホックは、窓から東京スカイツリーに見とれている。

さて一四日、今までのところ今回の一人旅は順調だが、ここで気を許してはならない。東京都美術館へは、例年JR上野から暑いなか上野公園を横切ってポクポク歩くのだが、今年は御茶ノ水のホテルからタクシーにした。体力を温存したおかげで、入館後は本当に元気に会場を歩き回ることができた。

講師の作品、無鑑査会員や上位入賞者の作品、それに自分の作品を、じっくり眺める。いつも思うことだが、漢字の場合、こうして多くの作品が並んだなかでは、ある程度墨量があって、見せ場のあるものの勝ちである。それからお土産用に、私も属している大阪教室の数名の方の作品も探し回ってカメラに納めた。展示は賞別に、都道府県別、紙の大きさ別に十数ブロックにわたって並んでいるから結構大変だ。

約束どおり一一時に、美術館入口でTさんに会うことができた。まず白髪が増えたな、と感じたが、元気そうなのが何よりうれしい。一緒にあれこれ作品を観てから、館内のレストランへ。

「去年あなたは『私、口と脚は達者なんだ』って言ってたわね」と持ち掛けると、

「はは！　口は『達者』じゃなくて『悪い』んだよ」
と、久しぶりに聞くTさん節《ぶし》も、少し角が取れた感じである。互いに大学の同期で米寿なのだが、数年前にはこの機会に四人が集まっていた。それが三人になり、昨年からは、私たち二人である。本人の体調とか、ご主人の世話のためで、米寿というのはそんな年齢なのだ。

私のほうも、今回の旅は、台風接近ということを抜きにしても、最初からどうも今までとは違うと感じていた。書の鑑賞などは二の次で、友だちに会って色々話をすることのほうが、はるかに大切と思われた。

それでも話すことは、誰さんが死んだとか、日常のどうでもいいような話ばかりで、気丈なTさんも、

「私たちだって会えるのはこれが最後になるかもネ」

などと言って昼食代をおごってくれ、台風を心配して、早めに別れたのだった。

東海道新幹線の車窓は、まるでお天気の見本を見せるように降ったり照ったりしていた。

台風を避けて旅程を変えた旅行客でごった返す新大阪駅に着いた時には、それでもホッとしたものだ。

わが家に着いたのは六時過ぎだったろうか。野分前の東京一人旅を無事に終えることができて、まずは万歳だ。友だちとの話は電話でもできる。

リュックの中からホックの呼びかける声が聞こえたような気がした。

「オバチャン、よかったね！」


（二〇一九・九・一）

よみがえった俳句コーナー

レインボーハイツでは毎年一一月上旬に、入居者及び職員による〈趣味の作品展〉が開かれる。

俳句結社『うぐいす』の鈴木寿美子先生が居られた頃は、七、八名の入居者で句会が開かれていた。〈趣味の作品展〉には各自好みの短冊に筆で自作の句を書いて、会費で買った短冊掛けに掛けて出品する。これを二曲一双の葦屏風に段差を工夫して飾ると、なかなかの風情であった。

私がずっと世話係を務めてきたこの会は、老人の悲しさで難聴者が増え、平成二五年で閉会し、寿美子先生は平成三〇年に逝去された。私はハイツの情報誌『山なみ』に投句するために細々と句作だけは続けていた。

ハイツの句会は令和二年一一月に、約八年のブランクの後、復活した。俳句結社『早春』の同人・中井明日美様が入居されたのがきっかけである。この段階で、以前の句会のメンバーは私一人だったものの、経験者、初心者、合わせて七名の新しい顔ぶれが集まった。園長が参加してくれたのも、うれしいことであった。

こうして月二回のハイツの句会は順調に滑り出した。披講の後の話し合いでは、明日美先生は、初心者も居ることを前提に、薀蓄《うんちく》を傾けて優しく上手に話される。

柿若葉日のすき通り影揺れる　満寿子
佳き事に合わせ新茶の封を切る　明日美
夏の夜縁台将棋にわか棋士　昭　子
独り酌む卒寿祝いの月見酒　秀　子
からからと乾《から》ぶ音たて落葉径　公　雄
虫の音の奏でる和音ハーモニー　久美子

秋になると、私は又以前のように〈趣味の作品展〉に俳句を出したいと思い始めた。以前使っていた短冊掛けは、こんなこともあろうかと、そのまま私があずかっていたのだ。そこでまず皆さんに、平成二五年の〈趣味の作品展〉に出した最後の俳句の葦屏風の写真を見せて、事情を説明する。筆の字は書けないと言う人には手本を書くことを約束する。（私は書家ではないけれど、四〇年程趣味で書をしているので。）

〈案ずるより産むが易し〉とはこのことか、と思うほど、明日美先生はじめ、みんなやる気を出して、数時間でそれぞれの短冊が出来上がった。

しかしそれには、われながらちょっと自慢したいような工夫があったのだ。

市販の白い短冊は二枚で一六五円、色模様のは一枚で二百円近くする。失敗するともったいない。薄いきれいな紙に書いた成功作を貼りつけて仕上げる接着剤付きの短冊用台紙は、専門店でないと売っていない。

そこでまず、薄い割にしっかりした段ボールがあったので、これを短冊形に数枚切り分けた。俳句を書く薄い紙には、以前私が仮名書道に没頭していた頃の全懐紙[*1]や仮名用の模様入りの半切《はんせつ》[*2]の紙が残っているから、これを使えばよい。短冊の大きさの上下左右に一、五センチずつ糊代を取って切り分ける。この紙なら、二、三枚失敗しても惜しげがない。

短冊は幅が狭いから、表側は貼り付けなくても裏面の上下左右をしっかり固定すれば充分大丈夫なのだ。

こうして令和三年一〇月末から一一月八日にかけて開かれた伝統の〈趣味の作品展〉では、二双の葦屛風に一二点の俳句の短冊が飾られ、懐かしい俳句コーナーがよみがえったのである。

結果は好評だった。自作の短冊ということについては、関係者以外は気付きもしなかったと思う。


（二〇二一・一一・三）

＊1　全懐紙＝50 cm×37 cm　＊2　半切＝35 cm×136 cm

英語俳句

もう三〇年近く昔の話になるが、国際俳句フォーラムの募集する〈国際俳句コンテスト〉に応募したことがある。この時は一三カ国から一一八三句の投句があり、うち五〇句が入選であった。

幸い、応募した私の三句のうち次の一句も選ばれて、その知らせを受けた時は大喜びしたものだ。

Snow falling heavily,
A single kite streaked
Decisively across the sky.

最近そのことを思い出し、また英語俳句をやろうかなと考え始めたのは、コロナ自粛が原因のようである。

英語に関係した仕事をして年金を貰っている私は、何となく英語に義理を感じ、いつまでも少しは英語に関わっていたいという気持ちが常にある。

〈朝日ウィークリーを読む会〉の講師になって、月に一度英語好きな外部の主婦たち四、五人にレインボーハイツに来てもらって一緒に勉強していたのもそのためだが、これもコロナ自粛で中止せざるを得なくなった。しかしこの会は約二〇年続いた。

一方、私自身も九〇歳を過ぎて、もうあまり無理がきかないことは分かっている。幸い日本語俳句は結社に属さぬまま細々と続けてきたから、これを英語と合体させて、今後の人生を楽しむのも良いのではないか、と思うようになった。

俳人の有名な句を勝手に英訳してみたことがある。例えば、

くろがねの秋の風鈴鳴りにけり　　飯田蛇笏

An iron wind-bell,
Left unremoved,

Has tinkled in a cold autumn wind.
歩を進めがたしや天地夕焼けて　　山口誓子
The setting sun blazing,
I can hardly take a step forward
In this universe.

ここで思い出すのが、冒頭で触れた国際俳句コンテストの時の、主催者の助言である。〈英語による自由な三行詩で、自然に言及したものが望ましい〉というものであった。確かに良い日本語俳句でも、意味のまとまりごとに英語三行にするのは無理なのもあるし、日本特有の風流を英語俳句にしても外国人には評価されにくい。だから直接英語で考えて、どの国の人にも分かる自然に言及することを勧めているのだと思う。
そこで久しぶりに、いよいよ英語俳句を作ってみようとするのだが、どうしても最初は既成の自分の句の英訳になってしまう。
万緑を抜けて聞こゆる風の私語　　秀子
Through a myriad of green leaves

A gentle wind whispers
Stealthily to me.

これでいいのか駄目なのか、やはり判る人に読んでもらわなければ意味がない。ある俳誌の巻末に出ていた〈俳誌案内〉で日本にも英語俳句を扱う結社があることが分かったので、入ってやってみようと思う。

はてさて、どうなることやら。ちなみに、冒頭に挙げた私の国際俳句コンテストの入選句も次の句の英訳であった。

鳶一つ雪しまく天よぎり翔け　　秀子

（二〇二一・三・一一）

さよなら、リバーコール

私のエッセイ教室の先生は、昨年私と同じ昭和五年生まれのお父様を亡くされた。更に私が二二年余りお世話になってきた猪名川混声合唱団リバーコールのF先生（八八歳）が、体調を崩され、引退されるという。

身近でこのような現実に接すると、つくづく自分も年を取ったものだと、つい気弱になってしまう。

五月下旬にリバーコールの団長から電話があって、F先生に贈る色紙を団員みんなで寄せ書きするについては、二つ折り色紙の上部に筆の横書きで挨拶文を書いてくれと言う。お世話になったF先生、団員のために無下に断れず、OKすると、やがてバイクに乗って団長が色紙を届けにやってきた。

　私の迷いと悩みが始まったのはこの時からである。色紙と共に持ってきて見せてくれた後任の先生のプロフィールがあまりにも素晴らしかったのだ。現在は関西二期会所属の声楽家で、川西市の事業として市内全ての中学校で音楽の授業を行っており、家族・親族に音楽関係者多数、昭和五〇年生まれという若さもまぶしく、おまけにハンサムときている。

　実を言うと、F先生より年上の私は、以前から漠然と、〈F先生引退の時が私のリバーコール退団の時〉と考えていた。しかしこの新しい先生の指導のもとに歌ってみたい気持ちが頭をもたげてきたのだ。

　しかし、まずは色紙の挨拶文を書かなければならない。五月下旬から六月初めにかけてホームの情報誌編集で忙しい合間を縫って、次の言葉を何度も練習してから、二つ折り色紙の上部に二行、小筆で横書きした。

『永い間お世話になりました　お身体を大切にお過ごしくださいい
令和四年六月九日　猪名川混声合唱団リバーコール』

令和四年六月九日、久しぶりに集まった私たちは総会で、団長からF先生の引退と後任の先生が決まった経緯を聞いた。

最後に私が挨拶文を書いた色紙に団員みんながそれぞれ署名して解散したのだが、こんな時だから私の挨拶文へのコメントは一切聞かれず、むしろホッとしたのだった。

ところで私の迷い、悩みのことだが、あれから冷静になって色々考えているうちに、元の考えに戻っていたので、この日団長に退団届を提出した。そのコンセプトは、『これからは、自分のペースでやれることだけを、粛々と続けて行こう』というものである。

帰路、誰彼に退団の挨拶をしていたら、ちょっと熱いものがこみ上げてきた。二二年間は長い。思い出は沢山ある。

帰って自室に戻ると、何か途轍もなく大きなことをやり終えた気分で、ぐったりしてしまった。団員だった私でさえこれだから、F先生のお気持ちは如何ばかりかと偲ばれた。『リバーコール一五年の歩み』という冊子があるが、その中の、『指揮者としての喜び』と題するF先生の手記は感動的である。

先生は一〇年以上、川西混声合唱団や川西市民合唱団で指揮をとっておられたが、ある年、川西市の方から『第九』をやるという通達があり、それは先生が目指していた方向とはかけ離れていたので、自ら退団し、それがリバーコールの誕生につながったというのだ。

先生の合唱に対するモットーは「歌って楽しく、聴いてまた楽しい」というもので、とりあげる歌はほとんど自ら混声合唱用に編曲されたものだった。そして事実、本当に歌って楽しかった。

先生、永い間お世話になりました。お身体を大切にお過ごしください。私は今後、自分のペースでやれることだけを、粛々と続けて行こうと思います。

（二〇二二・六・一〇）

最後の漢字連落《れんおち》作品

兄や私が生まれた昭和初期には子どもに何か稽古事を習わせる風習はあまり無かったようだ。まして昭和一六年に太平洋戦争が始まると、それどころではない。私は絵も書も歌もスポーツも好きだったけれど、それらはすべて小学校、高等女学校の授業や放課後のクラブ活動で手ほどきを受けたに過ぎない。

終戦後学制改革があり、新制大学の一期生として遠距離を通学し、授業の予習復習だけで精一杯だった日々……。

昭和二八年に晴れて卒業、旺文社に入社して卓球と硬式テニスに親しむ機会があった。教員になってからは油絵も少々……。

しっかりした老後の趣味をと考えて、通信教育制のある日本書道協会に入会したのは五一歳の時で、五八歳で教員を退職した時には同協会の本科、高等科を終え、仮名書道を学んでいた。

退職後すぐに現在住んでいる老人ホームに入居したが、その前後は色々と多忙で、書のほうはしばらく休んでいた。

しかし落ち着いてくると、仮名の半切《はんせつ》*1で機関誌の誌上展や美術館での展覧会に応募するようになったのだが、仮名を選んだのは「日本人だから」という理由だったのを思い出す。

私は若山牧水の和歌が好きだが、色々な万葉仮名を組み合わせて格好よく作品に仕上げてゆく楽しさがあった。まずは半切に一首、やがては全紙《ぜんし》*2に二首を書くまでになった。その都度評価の言葉をもらい、成績を見るのが楽しみだった。

それが平成元年から一〇年頃まで続いたが毎年自分が出品した書展を観にゆく度に出品数の多い漢字作品の力強さ、見事さに引かれる自分を感じるようになった。

そうだ、これからは漢字に挑戦しよう！

仮名への憧れも絶ち切れなかった私は、それから六、七年は漢字と仮名の両方を練習してきたが、忘れもしない平成一八年の春に一大決心をする。つまり先生の助言に従い、その端正な行書体が魅力の文徴明《ぶんちょうめい》*3の字を徹底的に学ぼうと決めたのだ。まずは文徴明の行書詩巻、七言律詩四首である。一首ずつそれぞれ全紙五行に臨書する。更に文徴明が師と仰ぐ黄庭堅《こうていけん》*4の松風閣詩巻を三回に分けて書いた。展覧会七回分である。

やがて私の字体が決まってくると、自運での創作がしたくなる。好きな詩を選び、黄庭堅、文徴明の作品の中から集字、作字してまず手本を作り、それを手掛かりにして作品を仕上げるのだが、集字の段階では資料豊富な本部の先生方にずいぶん助けられた。こうして平成二一年秋から令和四年秋までの漢字作品のすべてを作ってきたのだが、一番うれしかったのは、平成二四年の協会の西日本書道展で兵庫県知事賞を、翌二五年の同展では大阪府知事賞を頂いたことである。

思えばあの頃が私の書道人生のなかで一番充実していたのではないだろうか。レインボーハイツでも私の知事賞を喜んで、ロビーに置床をしてその作品をしばらく飾ってくれた。

さて私が五一歳で日本書道協会に入会してからすでに四〇年以上の月日が流れた。もとよりこの老人ホームに入居してからは、食事は食堂でするから炊事から解放され、一日二四時間が自分の時間である。それで趣味として書のほかにも、卓球、コーラス、俳句、エッセイ、情報誌編集、朝日ウイークリーを読む会など色々とやってきたが、九〇歳の坂を超えてだんだんとその種類をへらしているところだ。しかし書はなかでも歴史が古く、急にやめる気にはなれない。

　これからは三〇年前にもどって作品制作のエネルギーが漢字より少なくて済む仮名作品に親しんでゆくつもりである。漢字作品としては令和四年一一月に仕上げた連落《れんおち》*5が最後となった。

（二〇二三・九・一〇）

*1　半切＝35 cm×136 cm　*2　全紙＝70 cm×136 cm
*3　文徴明（一四七〇～一五五九）中国、明代中期の文人、書画家
*4　黄庭堅（一〇四五～一一〇五）中国、北宋の詩人
*5　連落＝52.5 cm×136 cm

師走のゆううつ

ゆううつな日々である。もちろん原因はわかっている。

一二月五日開催予定だった『虹のコンサート』がその前日の午後になって急に中止、いや先送り、と決まったのだ。数名コロナとその濃厚接触者が出たためである。

Oさんと私が今年の当番で、コンサート後に開く予定の茶話会のケーキまで予約していたというのに。

事務室のほうでも開催延期を決めただけに色々と骨折ってくれた。コーラスの先生と連絡をとり、今度は一二月二六日の開催が決まった。女性職員も頑張ってケーキの予約を取り消してもらうことができた。

二六日こそは、例年好評の女声一二名による『虹のコンサート』が無事に開催されますようにと祈るばかりである。

かく言う私も、決して体調が良いわけではない。医者には診てもらい、薬も飲んでいるが、どうも体が重い。年齢の所為《せい》かもしれない。

朝のラジオ体操には二〇日ほども出ていないので、今朝はサンタ服に着替えたボタンちゃんを連れて体育室に行ってみた。すると、サンタボタンは可愛いから大人気で、体操の後そのままロビーに連れて行き、二六日までそこで頑張ってもらうことにした。

一人では夜が淋しかろうから、午後弟のチャックを会いに連れて行くと、一二月七日というのにもうロビーには、可愛いクリスマスツリーが飾られていた。

ところで私はエッセイのネタに困った時のために、ちょっと興味のある新聞記事を切り抜いてためている。今日そのなかに各国のクリスマスの過ごし方について書いてあるのを見つけた。二年前の天声人語である。

筆者は大学時代、恋人と過ごさねばならないという空気が強かった頃でつらかったという。しかしこの日と恋愛を結びつけるのは日本独特の習慣に過ぎないそうだ。例えばアフリカのガーナでは、キリストの生誕にちなんで、助産婦をたたえるという。英国では本をプレゼントする習慣が一九世紀に生まれたそうだ。それを思えば若者も日本流の祝い方に縛られることはない、との意見で、正にその通りだと思う。

ましてや私のような子も孫もいない年寄りは、クリスマスだからと言ってしなければならないことなど何もなく、それは自分で自由に決めてよいのだ。

さて、ゆううつとは言え、一年を締めくくる師走である。地球崩壊という言葉まで飛び出すひどい戦争がヨーロッパでは続いている。一体私は何をすればいいのか？

一四年前に打ち終えた四国遍路を思い出す。思えばお大師さんには『ここは老人ホーム、弱者への思いやりを忘れずに』と教えられたのだった。だから今となってはそれに従って静かに生きてゆくしかない。――有意義な仕事をしているグループをできる範囲で応援するとか、などして。

さて、先程はサンタ服姿でロビーで頑張っているボタンちゃんが淋しかろうと、チャ

12月26日、はれて開催された虹のコンサート。

ックを連れ添わしたのだった。ところが私としたことが、今度は私が淋しくなって、夕食後、またチャックを部屋に連れ帰ったのだった。

ボタンちゃん、ゴメンね。そして二六日には『虹のコンサート』がうまくいきますように、そこでしっかり祈っていてね。

（二〇二三・一二・八）

Ⅳ　小論

九二歳をしのぶ

一〇月二二日、緒方貞子さんが亡くなった。国連難民高等弁務官やJICAの理事長として活躍し、世界各地の難民の支援に力を尽くされた方である。九二歳だった。かねて尊敬する緒方貞子さんだが、おかしなことに、享年九二ということで、ますます私の思慕の念は深まった。

母も九二歳で他界した。スケールは違うけれど、結構頑張った人生だったと思う。教師の妻として子育てをしながら夫の転勤に従って一家転住を繰り返す暮らしのなかで、中心的存在だった。戦時中は国防婦人会で活動し、戦後は姑《しゅうとめ》、舅《しゅうと》、夫を看取り、婦人会から担ぎ出されてその市で初の女性市議会議員を二期つとめたのだから。

レインボーハイツで二七年間、私が最も尊敬し、親しくして頂いていたSさんも、九二歳の大往生だった。

誰でもそうだと思うが、同性で、好きだった身近な人の生き方は、折にふれて思い出されるものだ。歳を重ねて何かと気が萎えてきたときなど、こんなとき母ならどうしただろう、とか、Sさんならどうするだろう、と、ふと考えてしまう。

そんな拠り所が九二歳で——つまり今の私としてはあと三年で途絶えてしまうのはちょっと寂しいが、しかしまあ、それほど大した問題ではなかろう。そう思っていた。

緒方貞子さんの訃報でこの考えは覆された。九二年という人生がこれほど価値ある人は希有《けう》であると思うにつけ、私もせめて残る人生、もっと大切に、真剣に生きなければ、と切に思う。

勤めていたころ、同僚の教師から、

「あんたは、すぐに役立つのが良いという考え方だ」

と、揶揄《やゆ》されたことがある。もっと大きな長い目で、物事を見なければならない、という意味で言ってくれたのだと思うが、偉そうなことを言うだけで実行しないよりは、ましではないか。

今もこの考え方は変わらないし、私が緒方さんを心から尊敬するのは、提唱する〈人間の安全保障〉を具体的に実行するその行動力だ。人は出生の環境を選択できないのだし、まず身の安全が保障されていなければ、何もできないのだから、これは何より大切なことと思われる。

色々な分野で優れた人物はいるが、それはまず、その分野で努力できる安全な環境に恵まれていたから、とも言えるだろう。

私は緒方さんとは一面識もなく、決して身近な存在ではなかったが、その業績から考えて、群を抜いて尊敬する人物だった。それは自分が最も苦手とする国際的な社会活動の分野ということもあるかもしれない。

緒方さんがこの度九二歳で逝去され、私の身近だった人と同じ享年だったことで親しみを感じたことは事実だが、それよりも、さらに新聞で、これまでのまばゆいばかりの業績と、その人柄を知るに及んで、粛然と考えさせられている昨今なのである。

しかしいま、世界の難民は、緒方さんが高等弁務官だった二〇年前からは、約二倍だそうだ。

人はなぜいがみ合うのか。

神様は、人間という生き物の作り方を、そもそも間違ったのではないか、とさえ思う。

ああ！

（二〇一九・一一・八）

エレベーター

老人ホームの八階に住んでいるから、エレベーターには毎日お世話になっている。

二〇一二年、このエレベーターを油圧ポンプ式からワイヤロープ式に変える工事中は、私は階段を利用していたから、工事が終わって初めて乗るときは、本当に楽しみだった。

「上へ参ります」

わー、エレベーターがしゃべる!

面白がって、うっとりしていたら、更に、

「行先ボタンを押してください」

つい、「あ、すみません」とエレベーターに謝ったのを思い出す。機械がしゃべるのは当時はまだ珍しかったのだ。

時は移り、今や入居者の平均年齢は八六歳、最高齢は一〇三歳で、色々な人がいる。私の住むA棟は一〜九階があり、一階は介護フロアである。C棟一階の大浴場からの帰りに、A棟一階でエレベーターを待つことはよくある。

話好きな陽気なお婆さんが問いかけてくる。

「上ですか、下ですか？」

もちろん「地階なんてないじゃないの」とは言わず、「上です」とだけ答える。

かつてエレベーターボーイとあだ名のついたお爺さんもいた。開と閉のボタンを同時に押したり、自分の階がきても降りず、何度も昇降を楽しんで（？）いるのだった。

エレベーターに罪はなく、問題なのは乗りてのほうだが、世の中にはその逆をゆくような、妙なエレベーターもある。

このホームから最寄りの能勢電鉄の日生中央駅は、改札口が二階でプラットフォームが一階になっている。長い下り階段は大変なので、いつもエレベーターを利用するのだが、このエレベーターがおかしなことを言う。

「下へ参ります」（下しかないじゃないの）

じっと待っていると、

「行先ボタンを押してください」（下は一階しかないじゃないの）

下へ参りますと言っておきながら、1を押さない限り動かない。

わが老人ホームのエレベーターにも欠点はある。「○階でございます」と言うとき、肝心の数の発音が不明瞭なので、必ず目で確認しなければならない。また、すべてのスピードが非常に遅いので、イライラするが、これは直しようがないのだそうだ。

ところが先日、こののろのろエレベーターのおかげで、とてもいいことがあった。

ここでは約二〇名の女性の介護職員が働いているが、私はまだ介護のお世話にはなっていないので、廊下ですれ違ったときにちょっと挨拶する程度の間柄である。

「あっ、スヌーピーマスクですね。縫われたんですか？」

のろのろエレベーターで乗り合わせた介護係のKさんが、勢い込んで話しかけてきたのだ。聞けば彼女もスヌーピー大好き人間だと言う。

一方私は、このところのコロナ自粛のつれづれに、四月中旬以降五〇枚近くの布マスクを縫って、あちこちにプレゼントしているのだが、このうち三種類で計一一枚がスヌーピーマスクである。しかし残りは自分用を除けば二枚だけだ。

その場はそれで別れたが、晩に考えた。こうしたキャラクター物は、それを愛する者が使うのが何よりなのだ、と。

翌々日介護フロアに出向いて、Ｋさんにスヌーピーマスクをプレゼントした。Ｋさんの喜びようは想像以上で、本当に良いことをしたと思い、うれしかった。もしかしたら、もらった本人以上にうれしいのではないかと思うほどに。

それもこれも、あののろのろエレベーターの取り持つ縁であった。

（二〇二〇・七・四）

山椒魚の心

毎晩一一時半ごろ床に就くと、ＪＯＢＢのＮＨＫ大阪第二放送を聞く。高校講座が面白い。国語、英語、社会科などだ。

先日は現代文で、井伏鱒二の『山椒魚』をやっていた。岩屋の中で成長してしまい、その大きな頭がつかえて出入口から谷川へ出られなくなった山椒魚の話だ。しかしそのとき私は途中から眠ってしまったようで、翌日手持ちのサウンド文学館・パルナスのＣＤで改めてこの小説を聞いてみた。仲代達矢の朗読である。

こうして『山椒魚』にこだわるのは、このところのやるせないコロナ自粛に関係しているのかもしれない。

山椒魚は、狭い出入口から谷川の様子を眺めたり、目を閉じて暗やみの深淵に身を委ねたりもする。しかし、これからの一生をこの岩屋で過ごさなければならない運命に涙を流し、気も狂わんばかりだ。

ある日のこと、岩屋に一匹の蛙がまぎれこんでくる。山椒魚は頭で出入口を塞ぎ、自分と同じ状態に蛙を閉じ込めて痛快がる。そして両者は「お前は莫迦《ばか》だ」などと罵り合う。

冬眠から覚めた翌年も、夏いっぱい、両者は同じような口論を続ける。

ところが二年目の夏は両者とも黙り込んで、お互いに自分の歎息が相手に聞こえないように注意していた、というのである。

CDの『山椒魚』はここで終わっている。寓話にしても、何か歯切れが悪い。

そこで図書室の現代日本文学全集（筑摩書房）の井伏鱒二集で調べると、やはり少しばかり続きがあった。

上方の岩の凹みに収まっていた蛙が、不注意にも「ああああ」と歎息をもらす。

山椒魚は蛙を見上げ、友情を瞳に込めてたずねる。

「お前は、さっき大きな息をしたろう？」

「それがどうした？」

「そんな返事をするな。もう、そこから降りて来てもよろしい」

「空腹で動けない」

「それでは、もう駄目なようか？」

「もう駄目なようだ」

「お前は今どういうことを考えているようなのだろうか？」

蛙は遠慮がちに答える。

「今でもべつにお前のことをおこってはいないんだ」

これで小説『山椒魚』は終わっている。

意地を張り合っていた両者は、疲れ果てて和解したようである。この後どうなったか？

私の考える筋書きはこうだ。山椒魚はふらふらになって落ちてきた蛙のために、塞いでいた出入口を開けて、谷川へと送り出してやる。しかし山椒魚自身は、やがてその岩屋の中で命を終える。けれども最後に蛙の命を救ったということで、その魂は極楽に召される。

本当は、ある日の豪雨で流されてきた流木が岩屋の狭い出入口を壊し、山椒魚は谷川にのろのろと這い出して九死に一生を得たとでもしたいところだけれど。

新型コロナウイルスの第二波が猛威をふるっている。まだ解決の見通しは立っていない。この二、三日、閉塞感に包まれて、自室でテレビを見たり、ちょっと本を読んだり、しこしこと布マスクを縫ったりしながら、私はあの岩屋の山椒魚を偲んでいる。どんなにつらかったことか。

こんな状況のなかで働く医療従事者や、その筋の研究者には、心からの敬意とエールを送りたい。

（二〇二〇・七・二九）

英語と義理

もう一一月中旬である。今年の一月に、誰がこんな一年になることを想像しただろうか。新型コロナウイルス感染者の推移は、四月に第一波、七、八月にかけて第二波、そして今や第三波が生じている状態だ。

老人ホームで暮らす年金生活者でも、内外の様々な行事やサークル活動が中止になって一時は随分憂鬱だった。しかしそれなりの対策をして、今ではかなり復活してきた。

そんななかで一つ、きっぱりと中止を決めた勉強会がある。「何を大げさな」と言われそうだが、私としてはかなり頑張って二一年間続けてきた会だ。『朝日ウイークリー（以下AWと略す）を読む会』である。

長年英語教師をして年金を頂いている私は、英語というものにずっと義理を感じていた。だから『AWを読む会』の先生に、という話があったとき、これは逃げてはいけないと思った。既に存在していたこの会の先生が転勤された後釜である。

一九九九年四月にレインボーハイツで初めての顔合わせをする。それぞれ子持ちの四〇歳代の家庭の主婦たち五名である。確かそのとき私は自己紹介の意味で、その前年に上梓した『六十路からの幸せ』という随筆集を贈呈したように思う。

やることはAWの中の二、三のニュースやトピックスの記事の精読と、二回分のクロスワードパズルの答え合わせである。

月に一度ハイツの中の共用室を一〇時から二時間借りて開くこの会は、それ以来誠に順調に続いてきた。記事の精読は、まずじゃんけんでそれぞれの担当箇所を決めてから、私が読み、担当者が読んで訳し、私が訳す、という手順で行った。退職後一〇年のブランクがあった私だが、カッチリと予習をしてくる彼女たちのおかげで、こちらも頑張ることができたのだと思う。

クロスワードパズルはかなり難しいが面白かった。私ができなかった部分も、みんなが答えを出し合うと大抵の場合、完成した。

レストランは、どこでもそうだと思うが、喫食数が多い方が好都合なので、正午に勉強会が終わると一緒に食事をしてもらうようにした。おまけに食後は、以前からの慣習で、当番制で彼女たちが持参するデザートを頂きながらのおしゃべりが楽しかった。子どものいない私としては人生真っ直中の彼女たちの話はとても新鮮で、私はほとんど聞き役であった。

AWの会を離れても、中にAI機器に詳しい方がいて、私がフィルムカメラからデジカメに切り替えるとき、随分お世話になった。

年に一、二回は外で食事会をする。昨年そんな会からの帰り、車で送ってもらいながら、私たちのAWの会がいつから始まったかという話題になった。

「二〇〇〇年にはもうやってたわよ」

「すごいわねえ！　かれこれ二〇年よ」

と、当事者同士で驚き合ったものだ。もっともここ数年は、私が『山なみ』の編集に忙しい月を除いて、勉強会は年八回に減らしてもらっていたけれど。

現在レインボーハイツでは、館内での外来者との面会は原則禁止である。高齢者施設ということで、一般より一回り厳しい規制になっている。彼女たちにもそれは知らせてあるし、私も英語への義理立てはもうやめにして良い歳なので、去る一〇月の初めに心を決めて、代表者にこの会の中止を伝えた。

最後に『AWを読む会』を開いたのは今年の一月である。

（二〇二〇・一一・一五）

カードゲーム依存症

こんなこと、本当は書きたくないのだけれど、書かずにいると、それが気になって生活が前に進まない。だからこの辺りで白状して、少し落ち着きたいと思う。

パソコンのカードゲームにはまってしまったのだ。一人遊びだから直接他人に迷惑をかけるわけではないが、残り少ない貴重な人生の過ごし方として、これはあまり感心できることではない。

コロナ自粛で部屋に籠もることが多くなっても、しなければならないことは山ほどあるというのに、ついちょっとだけ、と思ってやり始めてしまい時間を潰している。

実は、それほど面白いのである。種類はかなりあるけれど、私はクロンダイク、スパイダー、フリーセルの三種類に絞ってやっている。そのいずれもプレイしたゲーム数は今や二九〇〇〇回ほどに及び、勝率は七五パーセント前後だ。一ゲームがわずか数分で終わること、日によってボーナス点がつくことなども、これらのゲームに引かれる理由かと思う。

自分がこんな状態になってから、アルコール依存症の人の気持ちが本当に分かるような気がする。

先日電車に乗って腰を下ろすと、前に座っていた七、八人の乗客全員が、スマホをついているのには驚いた。

スマホは賢く使えば確かに素晴らしい文明の利器に違いないけれど、不要な会話のやり取りで時間つぶしの元になったり、最近はスマホ依存の、それ以上の弊害も報じられている。

それにつけても思い出すのが、一月上旬のある日、朝日新聞・教育面の〈受験する君へ〉という欄にあった一記事だ。一月一六日の大学入学共通テストに向けての、ある女子大生のメッセージである。

〈勉強にやる気が出ない時は、他のことをしたいという気持ちがあると思います。極端かもしれないですが、私は高三の秋にスマホを解約し、タブレット端末は売却。物理的に誘惑を断ちました。最初はつらかったですが、次第に慣れます。スマホにエネルギーを割かない分、心理的に楽な部分もありました。〉

彼女は現在東京大学法学部四年生で、弁護士を目指して勉強中という。

いまだにスマホを使っていない私でも、世間の様子から考えて、一度スマホを使い始めた人が一時的にでもその誘惑を断つことがどんなに大変か、充分見当はつく。彼女はさすがに強い意志の持ち主だな、と感心させられた。

ところで私のカードゲーム依存症のことだが、きっぱりこれを止めるかどうかと言えば、止めないつもりである。これから自分の人生を築き上げようという若い人とはわけが違う。

ただ、以前しばらく続けていたように、毎日の生活のスケジュールをしっかり立てて、そのなかにレクリエーション感覚で、カードゲームをすこしずつ入れていこうかと思っている。

これも頭の体操のようなもので、ボケの防止に役立つかもしれないし、何はともあれ面白いのだから。

（二〇二一・二・一〇）

九〇代の妄想

五木寛之著『百歳人生を生きるヒント』を読んだのは、三年前のことだった。五〇代から百歳への長い下りの道のりを一〇年ごとに区切り、どのように生きるかを考えて、次のように紹介している。

五〇代の事はじめ（省略）。六〇代の再起動（省略）。七〇代の黄金期（省略）。八〇代の自分ファースト――社会的しがらみから身を引き、自分の思いに忠実に生きる時期。

九〇代の妄想のすすめ――たとえ身体は不自由になっても、これまでに培った想像力で、時空を超えた楽しみに浸る時期。

これを読んだとき、私は八〇代後半だったから、この八、九〇代の過ごし方がとても気に入って、それまで続けてきた様々な活動にますます没頭するようになった。書、随筆、コーラス、俳句、絵手紙、グラウンドゴルフ、情報誌編集などだ。

しかし好きでやっているとは言え、いつも余りに忙しく、何とかしなければと思っていた矢先、まるで神の啓示のように、去る三月、あの〈右上腕骨骨折〉事件が起こった。この一年余りはコロナ禍で、普通の生活がどんなに幸せだったかを実感している人が多いなか、私はさらにこの骨折で、正常な身体の有難さを随分と教えられることになる。片方の腕が不自由だと何となく歩くにもバランスが悪く、「脚でなくてよかったね」と言われながらも、まずは転ばずに歩くよう細心の注意を払わなければならない。右腕で荷物を持つと、「なぜ痛い方の手で持つの？」と聞かれるが、いざという時に何かにつかまることができるよう、元気な左手は空けておかなければならないと思うのだ。

週二回のI病院でのリハビリのおかげで、五月も末になると、足指の爪切りが自分でできるようになり、六月上旬には両手で顔が洗えるようになる。そして中旬には介護浴を卒業し、一人で大浴場に通えるようになり、これは大変な喜びであった。

趣味活動については、この段階で随筆、俳句、絵手紙、情報誌編集などは、継続または再開できていた。三カ月休んだ末に参加した猪名川混声合唱団の練習もとても楽しく、これもまだまだ止められないと思ってしまう。

そして六月最後の日曜日、実に骨折から一九週間ぶりにグラウンドゴルフに復帰した。

「いいですよ。どんどんやってください」

とのリハビリの先生の助言に後押しされての参加だったが、これが意外に調子よく、七名中二位という好成績で、ギャラリーのスヌーピーたちも私も大喜びだった。

残るは大字の書だが、こればかりはもう無理と最近まで思っていたが、全紙に九枚まで練習して骨折で中断している七言律詩だけはいずれ作品に仕上げたいと思っている。


七月に入った。このところ、どうも私の考え方はおかしいのではないか、と感じている。体の不具合を直そうと頑張るのは当然のことだが、楽しいけれど時には苦しい趣味活動まで全部元に戻すことはないのではないか？

冒頭で触れた本では、九〇代では〈妄想〉をすすめている。体の具合は悪くなっても、その時点で働いている脳細胞を駆使して妄想をすることを楽しんだらいいというのだ。

この本は五木寛之氏八五歳のときの執筆だが、今でもそう思っておられるだろうか。

私は自分が九〇歳になってみると、あまり気持ちは今までと変わらないように思う。妄想もいいけれど、趣味活動はできるだけ続けたい。しかしあまりいい気になってやっていると、また神様にピシャリとやられるかもしれない。自重して、程々に生きてゆきたいと思う。

（二〇二一・七・四）

生活の手掛かり

今年は三年ぶりに規模を縮小してオープン祭を開催すると掲示があったのは、六月上旬だったろうか。オープン祭とはレインボーハイツの開園記念祭だが、昨年、一昨年はコロナ自粛で見送られていたのだ。

さて、七月二日のオープン祭当日のロビーは、前日午後から間隔をとって並べられた椅子が人待ち顔だ。紅白の幔幕《まんまく》が張られ職員たちは法被を着て気分を盛り上げている。

一一時の開会に向けて集まってくる入居者にプログラムが配られる。園長挨拶に続いて皆で乾杯するため、ビール、お茶、ジュースが配られたが、私はもちろんビール党だ。

乾杯の音頭は毎回古い入居者の一人がこれに当たり、今年はKさんだった。前回の令和元年には私がこれをやり、乾杯の音頭の前にこんな話をしたのを思い出す。――〈外務省が決めた『令和』の統一的な英訳は Beautiful harmony ですし、ご来訪くださったニューハーモニージャズオーケストラの皆さんも、これから文字通り Beautiful harmony を奏でてくださることと思います〉

ニューハーモニージャズオーケストラとは地元の音楽愛好家の皆さんによるオーケストラで、コロナ以前のオープン祭では例年午前の部はこの生演奏と決まっていた。それが今年はピアノ自動演奏によるコンサートになったけれど、私が連れてきたホック*やリボン*ちゃんは、私の膝の上でピョンピョン跳ねて機嫌よくしていた。

正午にオープン祭弁当が配られる。これが結構豪華版で、食堂で食べてもいいのだが、私は自室に持ち帰る。チビたちのお兄ちゃんであるボタン*とチャック*が待っているのだ。ホックとリボンは里親のOさんが預かってくれて大助かりだ。

さて午後の部は一時に始まった。コロナ以前はカラオケ大会だったが、今年は静かなスライド上映会である。しかし私はこれで、大変な打撃を受けることになった。

スライドの内容は、二〇一七年から二〇一九年までの、旅行を含む園の行事記録である。たまたま最初に写し出されたのが、二〇一七年元旦に園の食堂で私たち気の合った四人がお節料理を前にした画面だった。皆いい感じなのだが、私の他の三人は既に故人なのである。

これをきっかけに、次々と映し出される画面のなかで、亡くなった人の姿ばかりが脳裏に焼き付けられていくのだった。

旅行はその三年間でも日帰りがほとんどだ。小林一三記念館と邸宅レストラン、神戸キリンビール工場、京都芸術劇場（都をどり）、草津市立水生植物公園、大塚国際美術館、琵琶湖のビアンカクルーズ等々。みなそれなりに楽しかったが、「ああ、そうそう。この旅行から帰ったとき、Sさんの逝去を知らされたのだ」などと思い出すこともあった。

昨年九月のレインボーハイツの入居者の平均年齢が八七歳、入居総数が一〇九名であることを考えれば、これはやむを得ないことなのだ、と思い知らされた。

しかし八〇歳代で亡くなる方は稀で、ほとんどの物故者は九〇歳以上の方である。

自分に好都合なことばかり考えて、どちらかと言えば楽観的な私に、今年のオープン祭は一撃をくらわしてくれた。これを生活の手がかりにしなければと思う。

うれしいこと、寂しいこと、悲しいこと、すべてを含めてしっかりと現実を見つめ、それを手掛かりに賢明に生きることだ。

私にとって次のイベントは、さしあたり七月二七日からの東京都美術館における日本書道協会の総合書道展である。今まで自分が出品した展覧会はすべて観に行っていた。ましてや今回は右上腕骨骨折による一年間のブランクの後の作品で〈特選〉を頂いたのだから、行きたいのは山々だが、この年齢で独りでの東京行きは、慎みたいと思っている。

（二〇二二・七・六）

＊ボタン、チャック、ホック、リボンはわが家のスヌーピーのぬいぐるみたち。リボンだけが女の子。

もろきものよ、汝の名は？

母に訊きし玉音の意味敗戦日

私がこの句を作ったのは昨（二〇二二）年の八月だが、一九四五年八月一五日の正午に、川越市の自宅で母と聞いた玉音放送の雰囲気は決して忘れられない。

現人神《あらひとがみ》は、やはり不思議な語調で話されるな、と思いながら母の顔を窺うと、「日本は負けたんだ」と教えてくれた。

その時私は一四歳、高等女学校（現在の中学校）二年で、学校での授業は既になく、横河電機川越工場に動員されていたが、その日は夜勤が当たっていたので在宅していた。

私はすっかり洗脳された軍国少女だったから、しばらくして一緒に動員されていた近所の同級生がやってくると、「あんなに頑張ったのにねぇ」と言って、二人で大泣きしたものである。

ポツダム宣言を受諾したのは、最終的には昭和天皇のご意志であったと理解しているが、如何ばかりのご心境であったかと心がうずく。しかしそれで戦争が終わったのだ。

一九八九年一月、六二年という長いご在位の後、昭和天皇崩御、平成の時代に入る。次の平成の時代は、二〇一九年に天皇のご退位によって終わったが、その三〇年間のご感想として「戦争のなかった時代」を第一に挙げておられたのが何より印象的であった。

こうして一九四五年以来七五年続いた平和が、二〇二一年のロシアによるウクライナ侵攻によって破られ、今なおそれが続いている。それでも遠い国・日本の、私を含めた庶民の気持ちとしては、

問題は敵基地よりも瀬戸内海　　東京都　望月俊一*

というわけで、それは遠くの出来事だった。

ふと目にした写真がきっかけで、私の気持ちが変わってきた。老婆が独り道端にうずくまって、寒そうにしており、「これが戦争だ」というキャプションがついている。こ

れはもしかしたら私かもしれない、と思った。

人はなぜ戦争をするのだろう？

自分の周囲を楽しく豊かにしたいからか？

他の犠牲のもとに成り立つ自らの幸せなど、あり得ないことは分かっているではないか。人間は神様が作ったものと言うが、この点で神様は作り方を間違えておられる。

学生時代に覚えたハムレットのこの言葉を思い出す。

Frailty《フレイルティー》, thy《ザイ》 name is woman.

（もろきものよ、汝の名は女なり）

ただし“woman”を“human being”（人間）に置き換えての言葉として、である。Frailtyには、もろさ、薄弱性、誘惑に陥りやすいこと、などの意味がある。

こんなことを言いながら、人間にはこれとは真逆の素晴らしい力が秘められていることも、薄々分かってはいる。かと言って、私のような卒寿を過ぎた年金生活者にできることといえば、ユニセフとか日赤に心ばかりの献金をすることぐらいしかないではないか？

今朝の新聞の朝日川柳に、

「新しい戦前」らしい紙面見る　　神奈川県　石井　彰

というのが出ていて、「昨日今日」とコメントがついていた。悪しき歴史は繰り返してはならない。

個人的には、私は一四歳から九〇歳前後まで戦争のない時代を生きてきて幸せだったと思う。

今後は自分のできる範囲で、その日その日を最善に生きてゆくだけである。

（二〇二三・一・一四）

＊二〇二三年一月一二日　朝日新聞　朝日川柳より

国歌を考える

ワールド・ベースボール・クラシックとか、ラグビーやサッカーの国際試合のとき、その国の国歌が演奏されるのは、気分を盛り上げるのにとてもいい。私はこの場面が大好きだ。

言葉は分からなくても、こんな場面では元気そうな国歌が似つかわしい。

昨年秋、私はエリザベス女王の国葬のテレビ中継にくぎ付けになったが、それは歌われるに違いないイギリス国歌の文言を確かめたかったからである。イギリス国歌は学生時代に覚えて知っていた。チャールズ国王になったのなら Queen は King に、her は him になるはずだ。しかし七〇年間の在位の後九六歳という高齢で没した有徳の女王の国葬である。最後の機会として Queen と歌ってくれるかも、と思った。――結果はやはりKingであった。

しかしそのこととは別に、イギリス国歌のメロディーは、何と荘厳な式典に似つかわしいことか、と感じ入ったのだった。

先日、国歌のことで色々パソコンをつついて調べていると、作曲家・團伊玖磨氏が国歌の必要条件として三つ挙げているのが紹介されていた。

『エスニックであること』『短いこと』『好戦的でないこと』、この三つである。そしてイギリス国歌*、ドイツ国歌、それからわが『君が代』の三つが白眉である、と。

エスニックとは『民族的な』という意味で、『君が代』の原型は古今和歌集にあるから条件に当てはまる。また短いし、平和である。

ドイツ国歌の和訳の一例は次の通りだ。

祖国ドイツに統一、正義、そして自由を!

友よ、共に進もう!

兄弟のように心を重ね、手を取り合って、

統一、正義、そして自由は幸福の証し、

幸せの耀きの中、栄えよ、祖国ドイツよ!

少なくとも好戦的でないことは分かる。しかしドイツには、過去にナチスによるユダヤ人虐殺という大きな汚点があり、日本にも朝鮮半島を侵略しようとした悪しき歴史がある。

国歌が好ましいものであっても、その国の歩む道は様々だ。しかし、あまりにも好戦的な言葉や勝利を歌い上げる文言は避けたいものである。

今回、色々な国の国歌を調べていくうちに、次のような文言を含む国歌を持つ国があることを知ったとき、正直言って驚いた。

武器を取れ、市民らよ、

隊列を組め！

その歌のメロディーは、昔覚えて知っていたので、余計に複雑な気持ちになった。

世界中どこの国にも、その国歌に決めた理由、経緯があるのだから、他国の者がとやかく言う筋合いはないかも知れない。しかし、團伊玖磨氏の挙げた『三つの国歌としての必要条件』に、私は賛成である。

どこの国にも色々な時代があって、老若男女が生きているのだから。

ロシアのウクライナ侵攻から一年が過ぎ、まだまだ長期戦の様相を呈している。戦争は文明の破壊である。停戦を、更に終戦を神に祈るばかりだ。

（二〇二三・三・二）

＊ God save the King

God save our gracious King,
Long live our noble King,
God save the King:
Send him victorious,
Happy and glorious,
Long to reign over us,
God save the King.

気になる英語の発音

嫌われそうなテーマである。

しかし、生きているうちにどこかに書いておかなければ責任が果たせないような気がして、ワープロに向かっている。

何のコマーシャルだったか、Light you up という言葉がよくテレビ画面に出てくる。そしてライトユウアップゥと発音もしているのだが、そのpの発音が問題なのだ。pはそもそも子音で、のどから出てくる気流が上下の唇で一旦食い止められ、それを押し破って出る破裂音で、無声のはずである。だから日本語のプゥは当たらない、無声のプである。

「放映中」「放送中」を意味するOn airという言葉もよく使われている。片仮名で書くとオン・エアだが、nで舌と硬口蓋が接しているから、エアはネアになるはずである。時々テレビで、オーエアのような妙な発音を聞いてびっくりする。正しくオンネアと発音してほしいものだ。

私は時々パソコンでいろいろカードゲームをして遊んでいる。すると片仮名でウィークリーリワードなどと画面に出てくる。リワードとは何ぞや！ rewardを間違えてこう読んでいるに違いない。正しくはリウォードで、報酬という意味だ。

陸上競技の世界では、長距離レースのスタートは、立ったままのいわゆるStanding startだが、百メートルなど短距離では両手もついて、かがんだ姿勢からのスタートになる。これをCrouching startというが、ある時何気なくテレビを見ていると、観客ではなく係員の一人がクローチングスタートと言っているのが聞こえた。もちろんクラウチングが正しい発音である。

しかしホッとしたことには、この時また別の係員は正しくクラウチングと発音していた。

もちろんここは日本だからと言って、何もかも本来の日本語に当てはめて言う必要はない。第二次世界大戦中、ストライクを「よし」、ボールを「駄目」という言葉に当てはめたのは、今では笑い話である。しかし元の外国語を使うなら正しい発音でお願いしたい。


さて、大相撲は日本の国技である。外国出身の力士もかなり居るし、日本の国籍を取った力士もいる。更にテレビでは二カ国語（日本語・英語）放送というのをやっているから、これを聞いてみると面白い。

力士の名前をスムーズに読み上げ、何やかやと説明している。

決まりてとしては「押し出し」がpush-out、「はたきこみ」というのがslap-downと、その辺りまではいいのだが、あとは決まりてとして、そのものズバリの言葉はなく、説明をするのである。それは当然のことで相撲四十八手の英語の名称が初めからあるはずがない。「犬」はdog、「象」はelephantだけれど、例えば「わび」に相当するそのものズバリの語はないので、和英辞典ではtaste for the simple and quietなどと説明している。

だんだん話が逸《そ》れてしまったが、そのように言語系統が違っていても、文章の形になれば、バイリンガルの人たちが力を発揮する。

つい先月、G７の首脳たちが広島を訪れた時にも、何人かのバイリンガルが交代して、彼らの英語を聞きながら、即、日本語に、または日本語から英語に直す姿に、感銘を受けたばかりだ。

それを思うと、一つの英単語の発音の間違いを、鬼の首を取ったようにあげつらっている自分が恥ずかしくなる。

（二〇二三・六・一〇）

優雅な駅名と短い駅名

かれこれ四〇年ほども昔の話である。

当時私は高松で高校教師をしながら、将来のことを考え、兄の家族の住む大阪府池田市から程々の距離の所に有料老人ホームを探していた。

高松からまずは大阪に出て阪急宝塚線で川西能勢口まで行き、ここで能勢電鉄日生線に乗り換えるのだが、途中で降りて兄の家で一泊したのか、あるいは帰りに寄ったのかは記憶がはっきりしない。

はっきりしているのは、自分がこれから住む所を探しに行くのだから駅名どころではないはずなのに、初めて乗った能勢電鉄の駅名の優雅さに、そのときひどく感銘を受けた、ということである。

能勢電鉄日生線は川西能勢口から終点の日生中央まで一〇駅あるのだが、こんな駅名が続いているのだった。

「絹延橋《きぬのべばし》」「滝山《たきやま》」「鶯の森《うぐいすのもり》」「鼓滝《つづみがたき》」

これはまた何と優雅な素敵な駅名であることか！　この調子では竜宮城かどこかへ連れて行かれるのではないか！　との思いがそのとき頭をよぎったのを思い出す。

老人ホームはほかにも三つ見学したが、結局、規模、駅近なこと、自然豊かなこと等が気に入って、日生中央駅から徒歩五分のここレインボーハイツに決めたのだった。

能勢電鉄が接続している阪急宝塚線もよく利用するが、この路線の駅名は、その界隈の地名のほか代表的な建造物の名を取ったものが多いような気がする。

「服部天神《はっとりてんじん》」「石橋阪大前」「雲雀丘花屋敷《ひばりがおかはなやしき》」「中山観音」「売布《めふ》神社」、それに「清荒神《きよしこうじん》」などである。

それにしても雲雀丘花屋敷とは、何と長い駅名だろう！

そこで思い出すのが逆に短い駅名にまつわる、ずっと昔の父との約束の話である。

兄や私が小学生の頃、私たち四人家族は福井県に住み、父は中等学校の教師をしていた。夏休みになると私たち四人家族は、夜汽車にも乗ったりしながら、埼玉県春日部市の郷里にしばらく帰省したものだ。

駅名とか乗客へのお知らせは、今は車内放送や駅の構内放送でしているが、当時は駅員がホームを歩きながら声を張り上げてやっていた。寝台車で横になりながら聞こえてくる駅名連呼の声は、とても印象的だったのを思い出す。

あるとき父が「津」へ出張すると言う。

「津」！

三重県の津である。

漢字でも仮名でもたった一字の、その「津」という駅名を、駅員はどのように連呼するのだろうか？

「つッ、つッ、つッ、つッ」

なのか、

「つー、つー、つー、つー」

なのか？

どうしても知りたくて、津駅に着いたらそれをしっかり聞いておいて欲しいと、私は父に頼み込んだのだった。

父は忘れずに約束を果たしてくれた。駅員の声を真似て何度も聞かせてくれた。それをここに縦書きで説明するのは難しいが、あえてやってみればこういうことになる。

「つぅ⁀、つぅ⁀、つぅ⁀、つぅ⁀」

で、⁀のところは、砲丸投げの選手の投げる砲丸が放物線を描くように、中高に発音するのだ。私の想像は外れていたが、父の説明に私は充分満足した。

八〇余年前の懐かしい思い出である。

（二〇二四・一・二八）

あとがき

とうとう私のエッセイ第七集のあとがきを書く段階に漕ぎつけた。冊子にまとめることができるのはもうこれが最後と思っている。

私のエッセイは、職を退き老人ホームに入居して後、一九九二年に朝日カルチャーセンター・川西の「エッセイを書く（講師・伊勢田史郎先生）」という講座を受けたのがきっかけだった。博識の素晴らしい先生と楽しい仲間に恵まれて、ここでエッセイを書く面白さを知ったような気がする。

阪神淡路大震災で先生が罹災され、しばらく中断したものの、NHK文化センター神戸で先生の講座が再開されると、川西の仲間数名もこれを追って入会、この講座は野元正先生、浅田厚美先生へと引き継がれ、今日に至っている。

残念なことは、ウクライナ・ロシア戦以降の戦乱はもちろんだが、国内では二〇二〇年春頃からのコロナ禍がある。そのため旅行にも行けず、その間に自分も年齢を重ねて仕事は遅くなり、エッセイのネタにも困ってきた。勢い思い出話が多くなってしまうので、この辺りで鉾《ほこ》を収めることにしようと思う。

浅田厚美先生には身に余る序文を、岡芙三子様には相変わらずの洒落た装画を、また編集工房ノアの涸沢純平様には全般に渡ってセンスあるご助言を頂き、心から御礼申し上げます。皆様、本当にありがとうございました。

二〇二四年二月

楢崎秀子

楢崎秀子〈ならさき・ひでこ〉
一九三〇（昭和五）年、大分県生まれ。お茶の水女子大学文教育学部英文科卒業。旺文社で七年勤務の後、香川県で高校教師二十五年、予備校講師三年。平成元年より現住所の有料老人ホームに住む。趣味は書、エッセイ、コーラス、俳句など。／著書『六十路からの幸せ』『おまけの青空』『雲の上の寺』『八十路の初詣』『美しい調和』（共に編集工房ノア）『花曼陀羅行』（文芸社）
〒六六六−〇二六二　兵庫県川辺郡猪名川町伏見台一ノ一ノ二四レインボーハイツA八〇五

虹《にじ》の歌声《うたごえ》
――卒寿を超えて
二〇二四年五月一日発行
著　者　楢崎秀子
発行者　涸沢純平
発行所　株式会社編集工房ノア
〒五三一−〇〇七一
大阪市北区中津三−一七−五
電話〇六（六三七三）三六四一
FAX〇六（六三七三）三六四二
振替〇〇九四〇−七−三〇六四五七
組版　株式会社四国写研
印刷製本　亜細亜印刷株式会社

ISBN978-4-89271-384-2

表示は本体価格

美しい調和　楢崎　秀子

そのずば抜けた好奇心、探究心、観察力、洞察力などがますます研ぎ澄まされただけでなく、慈愛の思いが深まったように思います(野元正氏)。一八〇〇円

八十路の初詣　楢崎　秀子

終の住処と選んだ有料老人ホームで、書やコーラス、情報誌編集、エッセイ、俳句、旅と、人生を楽しむ。情熱と英知の随筆集（野元正氏）。一八〇〇円

雲の上の寺　楢崎　秀子

日常の〝ささやかな〟出来事のなかに〝幸せ〟を感じとり、未来を切り開いて行こうとする志、不老の道を示唆してくれる（伊勢田史郎氏）。一八〇〇円

おまけの青空　楢崎　秀子

移ろいゆく時、吹き止まぬ風のなかを、専念に心をこめて歩いていく人の姿。未来へ積極的に己を展こうとする志。生き生きと躍動する姿。一八〇〇円

六十路からの幸せ　楢崎　秀子

真摯で、しかも抑制のきいた身の処し方に感動した。誠実な英語教師、慎ましい一市民として、歩みつづけてきた女性の自分史(伊勢田史郎氏)。一八〇〇円

私が愛した人生　編著伊勢田史郎

普通の市民二十人の〈戦後五十年〉――戦災から震災へ、元教員、元マスコミ幹部、元広告会社、元ゼネコン技師、元消防局長、元銀行員他。一七四八円

日本人の原郷・熊野を歩く
伊勢田史郎

第33回井植文化賞受賞　この街道の、この山河の何と魅力的であったことか。熊野詣九十九王子、熊野古道の伝承、歴史、自然と夢を旅する。一九〇〇円

空のかけら
野元　正

ビルの谷間の古い町の失われゆく「空」への愛惜。年神さんの時間の不思議。光る椎の灯火茸の聖女。野性動物との共生。鎧を造る男の悲哀。二〇〇〇円

飴色の窓
野元　正

第3回神戸エルマール文学賞　中年男人生の惑い。アメリカ国境青年の旅。未婚の母と娘。震災で娘を亡くした女性の葛藤。さまざまな彷徨。二〇〇〇円

象の消えた動物園
鶴見　俊輔

私の目標は、平和をめざして、もうろくするということです。もっとひろく、しなやかに、多元に開く。2005〜2011最新時代批評集成。二五〇〇円

天野忠随筆選
山田　稔選

〈ノアコレクション・8〉「なんでもないこと」にひそむ人生の滋味を平明な言葉で表現し、読む者に感銘をあたえる、文の芸。六〇編。二二〇〇円

余生返上
大谷　晃一

「私の悲嘆と立ち直りを容赦なく描いて見よう」。徹底した取材追求で、独自の評伝文学を築いた著者が、妻の死、自らの90歳に取材する。二〇〇〇円